周作人译作

陀螺

钟叔河——编订

岳麓书社·长沙

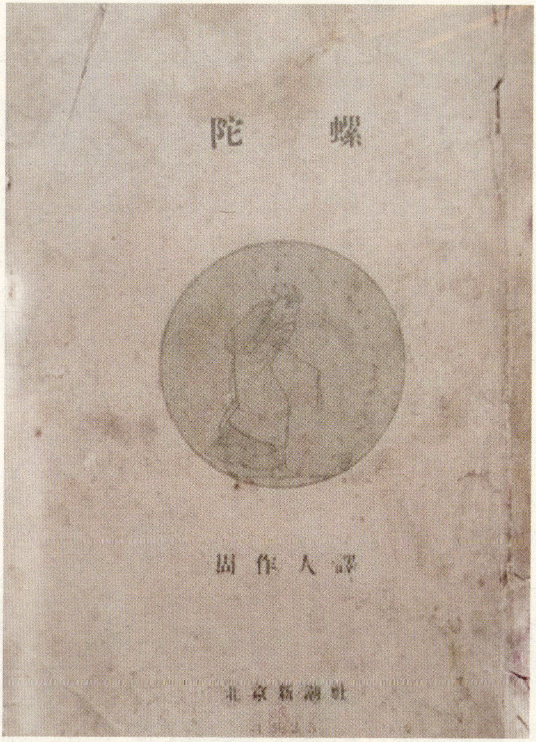

新潮本《陀螺》

岳麓书社开始重印

周作人著作

人归人，文归文。周作人其人的是非功过是另一问题，其书的主要内容是对传统文化和国民性进行反思，对中国——西方和中国——日本的文化历史进行比较研究，今之读者却不可不读。岳麓书社以编印《知堂书话》《知堂序跋》《知堂杂诗抄》之熟手，已经开始重印周作人的全部著作，1987—88两年内全部出齐，力求：

书价最便宜　　装帧最大方　　校订最精审

“民国”时期尤其是沦陷时期所印书，错字甚多。岳麓书社决定由编审亲任周氏著作的校订，对原印本错字悉予改正，同时仍列出勘误表，记载原有错讹，以便对勘，且示负责。各书均分单本平装、合订精装两种版本，一利卧读，一利庋藏。周氏的集外文和未刊稿，亦正请上海黄裳、北京舒芜、香港黄俊东、新加坡郑子瑜诸先生协助整理，由本社初版印行。特此广告，请读者速向当地新华书店预订。本社即将请各省市书店统一报数。

自己的园地　0.99元
雨天的书　0.90元
泽泻集　0.50元
过去的生命　0.45元
}大32开精装 合订本3.90元

谈龙集　0.90元
谈虎集　1.66元
}大32开精装 合订本3.95元

永日集　0.81元
看云集　0.95元
夜读抄　0.90元
}大32开精装 合订本3.90元

苦茶随笔　0.99元
苦竹杂记　1.05元
风雨谈　0.90元
}大32开精装 合订本4.35元

瓜豆集　0.99元
秉烛谈　0.81元
药堂语录　0.45元
药味集　0.70元
}大32开精装 合订本3.95元

药堂杂文　0.90元
书房一角　0.95元
秉烛后谈　0.80元
}大32开精装 合订本3.60元

苦口甘口　0.85元
立春以前　0.95元
过去的工作　0.54元
知堂乙酉文编　0.75元
}大32开精装 合订本4.00元

知堂回想录　2.90元（精装）4.50元

欧洲文学史　0.78元
艺术与生活　1.25元
儿童文学小论　0.53元
中国新文学的源流　0.55元
}大32开精装 合订本4.00元

〔以下系初版新书，不属重印〕

知堂集外文编（上、下）　7.00元
知堂书话（上、下）　6.00元
知堂序跋　3.20元
知堂杂诗抄　0.80元
儿童杂事诗（丰子恺插图）　1.20元

编者的话

锺叔河

一九八七年一月七日《光明日报》上，岳麓书社刊出了我拟稿的一帧广告（左图），宣布了书社和我对重印周作人著作的观点：

“人归人，文归文。周作人其人的是非功过是另一问题，其文的主要内容是对传统文化和国民性进行反思，对中国—西方和中国—日本的文化历史进行比较研究，今之读者却不可不读。……”

随即便开始出书。既出周作人著作的单行本，也出精装合订本。两年之间，出了二十四种。

书当然不是想出便能出的，得按规矩，走程序。周家授权了，报告批复了，宋木文、杨牧之、伍杰各位领导都当面或来信表示应允和支持了，便能够出了。

出就得出好。当时强调了两条：（一）因为均系据旧本重印，所以一定要认真校订，尽力改正旧本误植失校的错误；（二）因为手稿不存，无法对勘，所以一定要详出校记，改动处一概保留原文，承担责任。

这两条，读者看来大都是认可的。直到如今，在旧书网上，八十年代“岳麓版”的周作人著作，始终都卖得不错。

现在，岳麓书社决定又来重版周作人著作，并将书目扩增至四十种（见后勒口），仍然要我负责编订，做法则一仍其旧。还是周的书，还是这两条，新的广告也就不必再做了。

鄢琨君三十年前和我同编了这些书，此次仍然合作，所有案头工作都是他做，各书出版说明也多是他写的。校记原列表在书末，如今改作脚注。鄢君新增校改之处，标出“鄢校”，特此说明，并志感谢。

二〇一八年五月十五日于长沙。

出版说明

《陀螺》，一九二五年九月“北京新潮社”初版，为“新潮社文艺丛书之七”，内容分为《希腊小篇》《法兰西小篇》《杂译诗》和《日本小篇》四辑，有序文一篇。

序文中说，“这集子里所收都是翻译……几乎全是诗，但我都译成散文了……有时也就分行写了；分了行未必便是诗……所以这不是一本译诗集”。

因为集中文字系前后好些年间所译，又都是不相统属的零篇，曾分别发表于不同报刊，入集时来不及统一编订，所以正文和目录颇有不一致处，译者在序文中统计的篇数和实际也稍有出入。

本社现据新潮社初版《陀螺》印行，校订时除改正错字外，对于正文和目录不符之处，也作了处理，并出校记，以明责任。

目　录

法兰西小篇

杂译诗

日本小篇

《陀螺》序

刘侗《帝京景物略》[1]记童谣云，“杨柳儿活抽陀螺”，又云：“陀螺者木制如小空钟，中实而无柄，绕以鞭之绳而无竹尺，卓于地，急掣其鞭，一掣，陀螺则转无声也。视其缓而鞭之，转转无复住。转之急，正如卓立地上，顶光旋旋，影不动也。”英国哈同（A. C. Haddon）教授在《人之研究》中引希勒格耳（G. V. Schlegel）之说，谓荷兰之陀耳（Tol）从爪哇传至日本，称作独乐，后又流入中国。唯日本源顺（Minamoto no Shitagau）编《和名抄》云：“独乐，（和名）古末都玖利，有孔者也。”独乐明明是汉语，日本语今简称“古末”（Koma）。源顺系十世纪初的人，当中国五代，可见独乐这玩具的名称在唐朝已

【镡校】

① 《帝京景物略》，原作《帝城景物略》。

有，并不是从外洋传入的了。

我用陀螺做这本小书的名字，并不因为这是中国固有的旧物，我只觉得陀螺是一件很有趣的玩具，幼小时玩过一种有孔能叫的，俗名“地鹁鸽”，至今还记得，此外又因了《帝京景物略》里的歌辞以及希腊的陶器画，便使我想定了这个名称。这一册小集子实在是我的一种玩意儿，所以这名字很是适合。我本来不是诗人，亦非文士，文字涂写，全是游戏，——或者更好说是玩耍。平常说起游戏，总含有多少不诚实的风雅和故意的玩笑的意味，这也是我所不喜欢的，我的乃是古典文字本义的游戏，是儿戏（Paidia），是玩，书册图像都是玩具（Paignia）之一。我于这玩之外别无工作，玩就是我的工作，虽然此外还有日常的苦工，驮砖瓦的驴似的日程。驮砖瓦的结果是有一口草吃，玩则是一无所得，只有差不多的劳碌，但是一切的愉快就在这里。昨天我看满三岁的小侄儿小波波在丁香花下玩耍，他拿了一个煤球的铲子在挖泥土，模仿苦力的样子用右足踏铲，竭力地挖掘，只有条头糕一般粗的小胳膊上满是汗了，大人们来叫他去，他还是不歇，后来心思一转这才停止，却又起手学摇煤球的人把泥土一瓢一瓢地舀去倒在台阶上了。他这样的玩，不但是得了游戏的三昧，并且也到了艺术的化境。这种忘我地造作或享受之悦乐，几乎具有宗教的高上意义，与时时处处拘囚于小主观的风雅大相悬殊：我们走过了童年，赶不着艺术的人，不容易得到这个心境，但是虽不能至，心向往之；既不求法，亦不求知，那么努力学玩，正是我们唯一的道了。

这集子里所收都是翻译。我的翻译向来用直译法，所以译文实在很不漂亮，——虽然我自由抒写的散文本来也就不漂亮。我现在还是相信直译法，因为我觉得没有更好的方法。但是直译也有条件，便是必须达意，尽汉语的能力所能及的范围内，保存原文的风格，表现原语的意义，换一句话就是信与达。近来似乎不免有人误会了直译的意思，以为只要一字一字地将原文换成汉语，就是直译，譬如英文的 Lying on his back 一句，不译作“仰卧着”而译为“卧着在他的背上”，那便是欲求信而反不词了。据我的意见，“仰卧着”是直译，也可以说即意译；将它略去不译，或译作“坦腹高卧”以至“卧北窗下自以为羲皇上人”是胡译；“卧着在他的背上”这一派乃是死译了。古时翻译佛经的时候，也曾有过这样的事，如《金刚经》中“与大比丘众千二百五十人俱”这一句话，达摩笈多译本为“大比丘众共半十三比丘百”，正是相同的例。在梵文里可以如此说法，但译成汉文却不得不稍加变化，因为这是在汉语表现力的范围之外了。这是我对于翻译的意见，在这里顺便说及，至于有些有天才的人不但能够信达雅，而且还能用了什么译把文章写得更漂亮，那自然是很好的，不过是别一问题，现在可以不多说了。

集内所收译文共二百七十八篇，计希腊三十四，日本百六十二，其他各国八十二①。这些几乎全是诗，但我都译成散文了。去年夏天发表几篇希腊译诗的时候，曾这样说过："诗是不可译的，只有原本一首是诗，其他的任何译文都是塾师讲唐诗的解释罢了。"所以我这几首希腊诗选②的翻译实在只是用散文达恉，但因为原本是诗，有时也就分行写了；分了行未必便是诗，这是我所想第一声明的。所以这不是一本译诗集。集中日本的全部，希腊的二十九篇，均从原文译出，其馀八十七篇则依据英文及世界语本，恐怕多有错误，要请识者的指教。这些文章系前后四五年间所写，文体很不统一，编订时不及改正，好在这都是零篇，不相统属，保存原形或者反足见当时的感兴，姑

【锺校】

① 原文如此。但实数日本为百六十三。

②"希腊诗选"四字原加书名号，今删。

且以此作为辩解罢。

这一点小玩意儿——一个陀螺——实在没有什么大意思，不过在我是愉快的玩耍的纪念，不免想保留它起来。有喜欢玩耍的小朋友我也就把这个送给他，在纸包上面写上希腊诗人的一句话道：

一点点的礼物，

藏着个大大的人情。

中华民国十四年六月十二日，记于北京。

希腊小篇

牧歌三篇

［希腊］ 谛阿克列多思　作

一、情歌

我唱情歌去招引亚玛吕利思，我的山羊在山边吃草，帖都洛思管着它们。亲爱的帖都洛思，请你饲我的羊；帖都洛思，请带领它们往水泉去，你要留心那列比亚的黄的公羊，怕他会用角来触你。

啊，可爱的亚玛吕利思，你为什么不再从你的山洞里窥望，不叫我进去呢？你真是嫌憎你的情人了么？难道你近看时觉得我是塌鼻子，仙女，或者我是长下巴么？你这真要使我上吊了。

看呵，我给你拿来十个频果。这是从你以前叫我摘的那地方摘来的，明天我还给你拿别的频果来。

啊，请你看我心里的悲痛罢。我愿得化为鸣蜂，可以挨进遮着洞穴的薜荔和羊齿，飞到里边去。

现在我知道“爱”了，他是一个狠心[①]的神。他一定是吃了母狮子的乳，他的母亲在山林里养他的，所以他的火是在烧我，一直刺到骨髓里。

啊，你看去是很可爱，却是一块石头；啊，黑眉的仙女，请抱我，你的牧人，使我可以亲你的嘴；便在空虚的亲嘴里，也是甘甜的欢乐。

你真要使我撕碎那花鬘了，那个我给你留着的，亲爱的亚玛吕利思，那薜荔的花鬘，中间编着蔷薇花苞和香芹叶。

唉，我这不幸的人将怎么样呢？你不肯问答我。我将脱去我的皮裘，从那渔人阿耳比思守候鲔鱼的地方，跳进那边浪里去；即使我没有死，总可以满了你的心愿罢。

我早就知道了，那时我想念着你，要知道你爱我不爱，那罂粟花瓣并不发响[②]，却只枯萎在我的柔滑的臂上。

【锺校】

①“狠心”原作“很心”。

【原注】

② 罂粟花原称“远爱花”（Telephilon），民间用以占卜心事之谐否，用瓣置掌上，一手拍之，如发响声为吉，否则凶。

而且她也说的很对，那个用筛占卜的亚格罗阿，那一天她跟着割稻的采药草，她说我全心想着你，但是你一点都不理我。

我为你留下那有双生小羊的白母羊，美伦浓家的那个黄皮肤的使女也想要它；我将把它们给她了，因为你这样地侮弄我。

我的右眼跳了。或者我可以看见她罢？我将靠着这棵松树唱起歌来，她或者会来理我，因为她到底不是铁石的人。

“希坡默纳思要娶那处女的时候，他拿频果在手里，成就了他的竞走；亚多阑达见了，风狂似的歆羡，便跳进了爱的深渊。

先知默阑坡思，从阿忒吕斯带了牛群到比洛思来，因此那聪明的亚耳菲西波亚的美丽的母亲遂倒入皮亚斯的怀抱里。

亚陀尼思也不是这样么，他在山上牧羊，使那美丽的吉谛勒亚这样地迷恋，便是他死后还紧抱在她的胸前么？

我想他是幸福的人，那睡着不动的长觉的安地米盎；可爱的姑娘，我又称那耶西盎是幸福，他遇见那样的事，为一切凡人所不能知道。”[1]

我的头痛了，但是你并不关心。我不再唱了，我将倒下去躺着，让狼来吃了我，——我愿我的死于你很甘甜，如蜜在嘴里。

【原注】

① 斯柯诺思之女亚多阑达善走，求婚者须与竞走，胜则得妻。希坡默纳思投一频果于地以诱女，遂胜之。先知默阑坡思引牛群赠比洛思王，为其弟皮亚斯求婚于王女沛罗，后即为亚耳菲西波亚之母。吉谛勒亚即爱之女神亚孚罗迪谛的别名。安地米盎为月神所爱，耶西盎为地母所爱，在地母秘密仪式中有其事，非受戒者（Mystes）不得观。

二、农夫　一名割稻的人

密隆

蒲凯阿思

密　蒲凯阿思，可怜的庄稼汉，现在你怎么了？你不能一直的割稻像你从前一样，又不能同别人一样的割得快，却像一只被荆棘刺伤了脚的母羊，独自落后。你起手便割的不得法，等到中午傍晚你将变到什么模样？

蒲　密隆，你能从早做到晚的人，你顽强的石片，你不曾想过你不在身边的人儿么？

密　不曾。做工的人空想念着不曾得到的东西做什么？

蒲　那么你不曾为了相思睡不着觉么？

密　没有。教狗舔了油，便不行了。

蒲　但是我，密隆，害了相思有十来天了。

密　你（好运气），从酒桶里吊了酒吃，我却是连醋也没。

蒲　为了这件事，我的门外的田自从芒种以后都不曾耕过。

密　但是哪一个姑娘使你这样受苦？

蒲 坡吕波达思的女儿，就是那一天在息坡吉盎的田里吹箫给割稻的人听的。

密 神查出了罪人了！你已经遂了你长久的心愿，那个蚱蜢便将通夜陪了你睡。

蒲 你来嘲弄我，但盲神不只是一位财神，那鲁莽的爱神也是瞎的。你且不要说大话！

密 我并不说大话。你且只顾割稻，唱一只情歌称赞那人儿，那么将可以愉快的作工，而且你本来是一个歌人呀。

蒲 “你们比呃洛思山的诗神们，帮助我来唱那婀娜的少女，因为你们神女触着一切，即使一切美丽。

大家叫你黑姑娘[①]，可爱的滂比加，又说你瘦，又说你黄，只是我说你是蜜白。

紫花地丁是黑的，有字的风信子也是黑的，但是这些花朵都首先被采用在花鬘上。

母羊寻苜蓿，狼追着羊走，鹤追着犁飞，但是我只昏昏地想着你。

倘若传说的克洛梭思的财产都属于我啊，那么我们将献两人的金像给那爱的女神：你拿着你的箫，一

【原注】

① 黑姑娘原文云叙利亚人。

朵蔷薇，或是一个频果，我穿着鲜衣，两脚上着了亚米克拉地方的新鞋。

可爱的滂比加，你的脚是象牙，你的声音是阿芙蓉，你的风姿，我说不出来。”

密 我们的庄稼汉真是一个唱歌的好手，我们却并不知道，你看他唱得多么合拍。唉，我白长了胡子，一点都没用。但是来吧，你也来听取这神圣的列都耳塞思的歌[①]。

“地母啊，多果子，多五谷，愿田稻成熟，大大的丰收呵。

你们缚稻束的紧紧地缚呀，怕路过的人见了说，这里作工的是木头人[②]，他们的工钱全都白花了。

留心那稻株要朝着北风和西风，这样谷子才是最饱满。

打稻的切莫睡午觉，因为在中午那谷子是最容易脱开了稻草。

但是那割稻的，让他们戴胜醒时一齐起，戴胜睡时一同歇，当着那热的时候得休息。

【原注】

① 列都耳塞思据希腊传说是古代的王，善于割稻，后人举以代表割稻者，并以名割稻时之农歌。

② 木头人原文云无花果木的人，无花果木系无用的木材。

孩儿们，那田鸡的生活真快活呵，他们喝酒不用问那管酒的，因为他们都自有无限的酒喝。

你吝啬的管家，还不如去煮扁豆。你要小心在劈茴香的时候，怕割了你的指头。”

在太阳下作工的人应该唱这样的歌才是，但是蒲凯阿思，你的空肚的相思，只好等你的阿嬷在床上醒过来的时候去念给她听。

三、私语[①]

亚克洛谛美　牧羊女

达夫尼思　牧人

女　巴黎斯抢去了聪慧的海伦娜，他也是一个牧人。

牧　这海伦娜是更愿意了，她现在亲了那牧人的嘴。

女　不要夸口，小胡羊儿；他们说亲嘴只是虚(惠)。

牧　便在空虚的亲嘴里也是甘甜的欢乐。

女　我擦我的嘴，把它吐丢了。

牧　你擦你的嘴唇么？那么拿来，让我再亲它一下。

女　你只配去亲你的小母牛，不是未出闺的

【原注】

① 此篇或疑非谛阿克列多思之作，或者系后人仿作也未可知，但亦不失为《牧歌》中之佳作。篇幅似已不完，其结构当系牧人竞唱，以箫为注，今仅存一人的歌曲，并评判员之断语。别本只取问答本文，略去评判员语，作为完整的牧歌，似亦有理；今据 Locb 古典丛书本译其全文。

处女。

牧 不要夸口；你的青春不久将如梦似地过去了。

女 蒲萄变成了蒲萄干，枯干的蔷薇也未必消灭。

牧 怎么让这个衰老呢？这里是我饮的蜜和牛乳。请你到那边的野橄榄树下去，我给你讲故事。

女 让她随意地罚罢；亚耳台密思会救我出来。

牧 你不能躲避“爱”，别的闺女也没有能躲过他。

女 凭了牧神，我要躲避他；但是你当永远背着他的轭。松了你的手，再来我将咬你的嘴唇。

牧 我只怕他将把你给了更坏的人。

女 许多人来求我，只是没有一个中我的意。

牧 现在我又来在许多求婚的人里凑一个数。

女 朋友，怎么办呢？结婚有许多烦恼。

牧 结婚并没有苦痛，也没有忧患，却只是跳舞。

女 唉，但是我听说妻子都怕她们的丈夫。

牧 倒是她们常占上风；女人们怕什么东西呢？

女 我怕生产的苦痛，那产神的箭是很难当的。

牧 但是你的女王是亚耳台密思，那安产的女神。

女 但是我怕生育，要损坏我的美貌。

牧 生了可爱的小孩，你将在儿女里看出你新的光来。

女 你给我什么聘礼呢，倘若我应允了你?

牧 你将得到我所有的牛群，所有的树林与牧场。

女 你要立誓，到手以后不再孤另地撇下我。

牧 凭了牧神，我不离开你，即使你要赶我出去。

女 你给我建造绣房，一所住宅和牛栏么?

牧 我给你建造绣房，我养着好的牛群。

女 但是对我年老的父亲，我将说些什么呢?

牧 听了我的姓名，他将赞许你的婚姻。

女 告诉我你的名字，一个名字里常含着喜悦。

牧 我是达夫尼思，吕吉达思是我的父亲，诺迈曷是我的母亲。

女 你是良家出身，但是我并不比你低。

牧 我知道，你叫亚克洛谛美，你的父亲是默那耳凯思。

女 给我看你的树林，在那里是你的牛栏。

牧 这边来；看我的细长的柏树长的多好。

女 我的羊群吃草去吧，我将去看牧人的工作。

牧　我的牛群好好的吃，我将领这姑娘去看树林。

女　你干什么，小胡羊儿？你为什么把手放在我的胸前？

牧　我想告诉你这早频果已经熟了。

女　凭了牧神，我要晕了。拿去你的手。

牧　放心罢，好姑娘。你怕我什么？你真太胆小了。

女　你把我推倒在沟旁，污损了我的好衣服了。

牧　不，你看，我把柔软的羊裘垫在你的衣服底下。

女　啊啊，你又扯去了我的带子。你为什么解我带子呢？

牧　我将献给巴菲亚[1]，当作最初的供品。

女　且住，有人到这里来了。我听见了声响。

牧　只是那些柏树互相低语，讲你的新婚。

女　你把我的衣服撕碎了，现在我是裸体了。

牧　我将给你一件别的更大的衣服。

女　你答应给我一切的东西，但是后来怕要连盐

【原注】

① 巴菲亚系恋爱女神亚孚洛迪谛的别名。

都不给我一粒。

牧 我愿意把我的性命也给了你。

女 亚耳台密思[①]，请不要发怒，因为我不守你的命令。

牧 我将用一头犊祭爱神，用一头牛祭亚乎洛迪谛。

女 我来时是处女，成了女人回家去。

牧 将是一个母亲，哺儿的母亲，不复是处女。

他们贪恋着青春的欢乐，这样的互相私语：这正是秘密恋爱的时光。她起来回去看羊，眼里有点含羞，心中却是欢悦；他也走到牛群那边去，独自庆幸他的新婚。

评判员 幸福的牧人，拿回你的箫去。现在让我们再听牧人们的别的歌曲罢。

【原注】

① 亚耳台密思为佃猎女神，又司女人生产的命运，系希腊神话中的独身女神。

拟曲二篇

[希腊] 海罗达思 作

一、媒婆

美忒列该　少妇

瞿列斯　媒婆

色莱沙　婢

美　色莱沙，有人叩我的门。你跑去看看，可不是从乡里来的客么？

色　（在门口）是谁叩门？

瞿　是我。

色　你是谁？你怕敢走近前来么？

瞿　你不看见么？我走近前来了。

色　你是谁呢？

瞿　我是瞿列斯，菲拉尼雍的母亲。告诉里边的美忒列该，说是我来了。

美 请她进来。（瞿列斯进）谁呢？

瞿 瞿列斯。

美 乳母瞿列斯么？鸦头，你且去。（色莱沙下）瞿列斯，那一个运命女神劝动了你，叫你进我们家里来？什么事差遣你到这里，像是一个神明下降人间？我相信已经有五个多月了，没有人看见你，瞿列斯，便是在梦里，也不曾见你走进这扇门来。

瞿 我住得很远，孩子，还有那巷里的烂泥呢！一直到人的膝踝。而且我也没有力气了，正如一匹苍蝇。唉，老年拖我下去，死影站在旁边等着了。

美 咄，咄，不要这样的诅咒你的年纪。你还很强壮，瞿列斯，能够抱情人呢。

瞿 你尽管取笑罢。这是你们青年的女人的习惯。

美 请你不要生气。

瞿 是了，我的姑娘，你像寡妇一般在孤独里忍受你的寒衾，预备挨到什么时候去呢？自从曼特列斯出发往埃及去以后，十个月亮来了又去，他还连一封信也不寄给你。一定他已经忘记了你，在新的泉水里喝醉了。你知道，那全个国土是（恋爱）女神的一个宫殿。一切的物事，我告诉你，凡是在地上存在，或是能够寻到的，在埃及那边都很充足：财帛，角力，权力，晴暖的天，名誉，赛会，哲学家，黄金，美少年，双生神的庙院，大王[①]，博物馆，酒，大家所喜欢的一切的好东西，还有那些女人哩！——我凭了冥王立誓，便是天上也没有这许多的星，——而且又都美丽，正如那女神们，在她们往巴里斯那里去讨美的赏品[②]的时候：——愿她们不要听到我说这话这才好！但是你，可怜的人，这是什么意思，你坐在这里去温那孤榻呢？你预备让老年不意的追到，叫死灰吞尽你的青春么？你走别一条路罢；且换了你的心思，过两三天看：同别个新朋友寻点欢乐。下着一个锚的船，不算泊得安稳。一旦曼特列斯死了，一切便都完了；而且没有人能够回生的，孩子。你知道青天会起风暴，无人能知未来的事情。人生是永远这样的无定。

美　你这讲的是些什么呢？

瞿　没有人在近地，能够偷听我们的话么？

美　没有什么人。

【原注】

① 指布多勒密二世，以其妹亚尔西诺蔼为后，后死后立庙合祀，自封为神，故称双生神。

② 希腊神话，三女神共争美的赏品，取决于巴里斯，终为恋爱女神所得，为忒洛亚战争的原因。

瞿 那么，你听我告诉你的话。格吕罗斯[1]，巴泰吉阿思妻玛泰勒纳的儿子，五次得胜的选手，——一次还是童子，在比色亚的会里；两次在哥林多的伊色弥亚会里，投倒壮盛的少年；两次在毕撒的阿林比亚会里，打胜长大的拳师。他是非常之有钱，而且很温和，不曾打扰过一枝稻草；至于关于恋爱女神，他是一个没有揭破的封印。我所说的这个人，在密舍降生祭的那天，看见了你，心里烧着恋爱，几乎发狂了，他海水一般的转动，日夜都不肯离开我的家，只是呻吟，叫我做"小母亲"，似乎他是要为相思死了。现在，我的亲爱的小美忒列该，你便做了这一点小罪孽，当作恩惠。你好好的去结识恋爱女神；不然怕那老年会不意的将你捉去了。这样，你可以得到两层的好处：你欢乐的过活，又能得到比你所想到的更大的礼物。请你好好的想，照着我做罢。我这样说，凭了运命之神，实在因为是爱你哩。

美 瞿列斯，你的白发的确已经磨钝了你的理性了。我凭了曼特列斯的回来与亲爱的地母而立誓，我决不肯从别个女人承受这样的话。我将教她怎样的到

【原注】

① 格吕罗斯，希腊语原意是一只猪。

这里来瞎说，叫她蹩着脚回去，怨恨我的门槛。乳母，我请你不要再拿了这样商量到我这里来了。这些话是不适于主妇的；还不如拿去告诉姑娘们去罢。美忒列该，比色斯的女儿，仍旧将温她的孤榻：你任她去罢。没有人得以嘲笑曼特列斯，为了他妻子的缘故。但是，正如他们说，所要听的并不是这些空话；瞿列斯，可不是么？色莱沙！（色莱沙上）把那个大碗擦干净了，倒三吊子的酒，再掺上水，给她喝去。

色　这里，瞿列斯，喝吧。

瞿　那么，给我。——我实在并不是来劝你做错事，本来只是招你去上庙会。……

美　我知道。就为这缘故，所以你享受那碗酒呀。

瞿　亲爱的人，我愿你的酒房里充满好酒。是的，凭了地母，瞿列斯不曾喝过比美忒列该家的更美的酒。孩子，愿你多福气，你自己小心保养。我也望我家的姑娘密耳泰勒与西美，在我活着的时候，永远年青才好。

【附记】[1]　海罗达思（Herodas）大约是基督前三百

【锺校】

① 此为校订者所加，后同。

年的人，事迹不详，但存所作拟曲数篇。“拟曲者亦诗之一种，仿戏曲之体而甚简短，多写日常琐事，妙能穿人情之微。古作者中以海罗达思为最胜，生当中国汉初，著作尽逸；二十年前始于埃及败棺中得其残写本，仅存七章，及断简三四而已。”八九年前我曾将其中《媒媪》及《塾师》译成“古文”，登在《中华小说界》上，上面的一节便是当时序言的一部分。现在将《媒媪》重译一过，有几处与古文译本颇不相同了。

一九二一年十二月三十日记。

二、密谈

珂列多　女主人

美忒罗　女客

珂列多之婢

珂　美忒罗，请坐。鸦头，站起，给这位太太拿一把椅子来。我现在总非自己吩咐不行了；你不能够自动的去做一点事情，你这可怜的东西。天呵，你真是一块石头，懒夭夭地躺在屋里，不是一个活的奴婢。但是在我量给你面粉的时候，你计算那些粉粒，假如从纱筛里漏下了一粒，你便咭咭哝哝的说个不了，直到墙壁都听厌了。现在你动手擦呀刮呀的弄那椅子，现在那椅子正要用了，你贼骨头。你要谢她正在这里，要不是为她，我已经给你尝我的拳头的滋味了。

美　亲爱的珂列多，你也带着这个轭，正同我一样。我日夜咬我的牙齿，我狗一般叫喊，都为了这些家伙。但是我来这里的缘故——

珂　走出去，走你的罢，你深心的东西！全身是耳朵和舌头，其馀只是懒惰。

美　我请求你，亲爱的珂列多，不要骗我；给你做那皮带的[1]是谁？

珂 你在哪里看见我的皮带的呢，美忒罗？

美 诺西斯，蔼林那的女儿，三天前拿在她的手里。我相信，那是一件极好的礼物！

珂 诺西斯！她那里得去的呢？

美 我告诉了你，你不去宣扬么？

珂 凭了我自己的甜美的眼睛，亲爱的美忒罗，没有人能够从珂列多的嘴里听到你所讲的无论什么话。

美 那么，这是友蒲勒，比达思的女儿，送她的，叫她不要让别人知道。

珂 阿，那些女人们呵！那个女人迟早总要把我收拾了罢！我是亲切的人，当时她那样的请求，所以我便给了伊，连我自己还没有用过一回呢。似乎是得到了什么藏宝，她便走去给了不相干的人。请罢，请罢。亲爱的朋友，倘若这是你的本性如此，那么你去寻别的好朋友来替代我罢。但是拿去给诺西斯用，——我恐怕要对了她说出不是女人们所应说的话了，愿亚特拉斯台亚（报施女神）不要见怪，不，即

【锺校】

①“的”字原无，今增。

使我有一千条带，也不肯把霉烂的一条借给她哩。

美 阿，珂列多，你不要听了一点闲话，便把你的胆汁升到鼻孔上来。正当的女人应该能够忍耐一切的事情。这是我的不好，和你讲起这些话来。我的舌头真该割去了才是。但是刚才我所当真要问的，是这做带子的是谁呢？倘若你真是我的朋友，请你告诉我。你为什么这样的看着我，而且笑着？你是初次看见美忒罗么？你为什么这样的庄重？我求你珂列多，不要说诳，但告诉我这是谁做的。

珂 天呵，你是多么烦腻的人呀！好罢，那是开尔敦做的。

美 阿，是了；但是哪一个开尔敦呢？那里有两个开尔敦，你知道。一个是灰色眼睛的，住在吉来谛思的女儿密泰列纳的近旁；但他是连将一个牙拨缝在立琴上都不会的。还有一个在海摩陀罗思住宅的间壁开着店铺，你走完了大街，就是那里了。他从前是有点像样的，因为他得到近来亡故了的吉泰谛思的爱顾——愿她永远不被她的亲友所忘记！——但是他现在也老了。

珂 你所说的那两个人都不是的，美忒罗。我这一个是从吉阿思或是蔼列色拉来的，——我记不起是哪一处了，——他是秃而且矮，正是布勒克西诺思的活的雕像。两个无花果也没有比他们更相像了。你要先去听他说话，才能够知道这是开尔敦，不是布勒克西诺思了。他在家里制造，却秘密的出售，因为各家都恨怕税吏呢。但是他的手工，给你看见了[①]，你怕要想是雅典那女神亲手所做，不是开尔敦的。是了，他拿了两条带子到这里来。我一看见，我欢喜得连眼睛都将突出了。我没有见过一条带子，——此外没有人听见么？——做得这样好，绵羊一般柔软；那些皮条也同羊毛一样的软，简直是不像皮条。即使你到处搜寻，也寻不出一个给女人做工的更好的皮匠了。

美　那么你为什么会让那一条失去的呢？

珂　我的亲爱的美忒罗！想得到它，有什么事没有做过呢！我用尽了所有的劝诱的狡计。我给他亲吻，我摩他的秃头，我斟美酒给他喝，我用各种亲爱的名字称叫他，我做了一切的事，只没有将我的身子给他罢了。

美　阿，但是你应该这样的做，倘若他要你如此。

珂　是呵，本来我也可以，但是时候不很好，因

【锺校】

① “给你看见了”，原作“给看见你了”。

为在这中间比达思的婢女来了。你知道，她到这里来，日夜的用我的磨；她简直要将它研成粉末了，只为要省四个阿波耳（约值二角），拿自己的磨石去重凿一下。

美　但是，亲爱的珂列多，这皮匠怎样的寻到你这里来的呢？你把这个也老实的告诉我。

珂　亚耳台密思，鞣皮的亢达思的女儿，将我的住处告诉他，差他来的。

美　亚耳台密思总是寻到什么时新东西，——在这个虔婆的行业上，她简直使得达罗减色了。但是，虽然他不肯让你独买两条，你总应该查出了那一条是谁买的。

珂　我也求他，但他立誓不肯告诉我。你看他的爱是多么大呀。

美　你告诉我，我其次应该访谁去了。我将去寻亚耳台密思，从她那里查问这开尔敦到底是什么人。那么，我愿你运气好，珂列多。我的丈夫怕要饿了，所以我须得快跑回去。再会罢。（美忒罗下）

珂　（在门口）鸦头，关门，而且赶快数我的鸡，——你是看守他们的，不是么？——看他们是不是都在那里。倘若都在，给他们一点谷吃。那些偷鸡贼会把一只母鸡偷去，正当你将她放在膝上抚摩着的时候。

【附记】 这是《拟曲》的第六章，今从英文本重译。第七章说美忒罗带了几个女友到皮匠开尔敦的店里去买皮鞋，末节开尔敦说："吹箫的友蔼台列思时时来这里，求我将这鞋卖给她，但是我不喜欢她，我不肯卖，倘若她不出四个达勒科（约值十元）。她很凶的骂我的妻。我知道你是等着鞋穿。不要那么呆，把这个拿去送给友蔼台列思，或是赫加台，或是她的女儿。是了，你拿这两双去，算七个达勒科罢。我为了美忒罗这样算了罢。——唉，你的亲吻将送我直到天上，即使我是一个石像。这你的并不是舌头，这是幸福的筛。唉，你为他日夜开你的嘴的人，真是与祝福的神们相去不远了。"这一节话，颇可以作上文的参考。至于这开尔敦与美忒罗，当然与第六章的人物没有什么连络：古代喜剧中某种人物差不多有一定的名字，古典喜剧的皮匠便统叫作开尔敦[①]。这一个字出于希腊语的开尔陀思，意云利，云狡计，后转为狡狯者，为狐之别称，这里所用大约便取这意思。

一九二五年一月二十日补记。

【锺校】

①"开尔敦"原作"开尔陀"。

对话三篇

[希腊] 路吉亚诺思 作

一、大言

人物

莱思的科思

该尼达思

许姆尼思　妓女

莱　还有那和伽拉谛亚人的战争；该尼达思，将那个讲给她听，——我怎样的骑着灰马上前去，于是伽拉谛亚人，勇敢的汉子，那些伽拉谛亚人也是，——但是他们一看见我，便都跑了，没有一个人站住。那时候，你知道，我将我的长矛当镖枪用，投了过去，把他们的头领和马都穿通了。随后他们还有多少人留下，——你知道，那队伍溃散了，却还有多少人留住，——那么，我抽出我的宝剑，赶紧跑上前去，单用了马的冲突便撞倒了半打以上的前线的人，我的剑落在一个军官的上面，把他的头劈作两半，连盔和一切。你们其馀的人随即赶到，你记得，其时他们已经在逃窜了。

该　呵，但是你同那巴夫拉戈尼亚督军的决斗，那也是一回好把戏哪！

莱　好记心呀；是呵，那倒也并不坏。那督军是个长大的汉子，似乎也是一员战将，——虽然不懂得希腊学问。他出来，向大家挑战，和他去决斗。我们军官都恐慌了，从最低的到将军自己，——虽然他是一个颇好的人。他是亚列士泰克木斯，爱多利亚人，擅长镖枪，我那时只是个上校。可是，我并不害怕。我摆脱了攀扯着我的朋友们，——他们替我担忧，看了那夷人[①]明晃晃的穿着镀金甲，高高的挺着可怕的羽缨，挥着长矛，——

该　是呀，那时连我也害怕了。你记得我怎样的攀住了你，请求你不要牺牲自己；倘若你阵亡，人生将不值得生活了。

【原注】

① 希腊人称言语不同的外国人曰 Barbaroi，本以形容其语声之粗犷，并无野蛮之意，今姑以夷人当之。

莱 我冒险去做了，但是。我出去，也像那巴夫拉戈尼亚人一样的全副武装，像他一样的全金。两边发出怎样的一阵呐喊呵！那些夷人也认识我；他们知道我的挡牌、徽章和羽缨。该尼达思，他们都将我比谁呀？

该 呃，还有谁呢？亚吉勒思[①]，自然是；贝楼思与赤谛思之子，自然是。你的盔是这样的华丽，你的紫衣这样的美，你的挡牌这样的明亮。

莱 我们接战了。夷人先动手出了我的血，——只是他枪的一些擦伤，在我膝踝上头；但是我的长矛穿通了他的挡牌，直刺进胸骨里去。于是我赶上前去，用剑切下他的头颅，带了他的兵甲回来，那颗头插在我的矛尖，滴血到我身上。

许 好不怕人，莱恩的科思，你讲的是怎样的可厌可怕的故事！有什么姑娘，要看喜欢做这样肮脏事情的男人，独自和他喝酒或是睡觉呢？我要去了。

莱 呸，我加倍的给你钱。

许 不，没有东西可以劝我和凶手去睡觉。

莱 不要害怕，我的人儿。那些都是在巴夫拉戈

【原注】

① 亚吉勒思为古史诗中一勇将，系贝楼思与赤谛思之子。

尼亚。我现在是一个平和的人了。

许 不，你是污秽了；矛上的夷人头里的血，滴在你的身上。我去拥抱而且亲吻这样的人么？美的女神所不答应的。他不见得比刽子手更好。

莱 我相信，倘若你看见我穿着甲胄[1]，你一定要爱我了。

许 我告诉你，单听见这些事情，也尽够使我不舒服而且害怕起来了。我看见那被杀者的鬼魂，那个可怜的军官，和他劈开的头。倘若我亲见那件事情，血和尸体躺在那里，那将怎么好呢？我相信，我必定死了；便是杀一只小鸡子，我也不曾见过。

莱 这样的胆怯么，姑娘？这样的懦弱么？我以为你爱听这些呢。

许 那么，你去说给伦尼亚的女人们或是达瑙思的女儿们[2]听去，倘若你想用了那种故事讨人喜欢。我将跑回到母亲那里去，趁着此刻还有一点阳光。格

【锺校】

①“胄”原作“胃”。

【原注】

② 神话中伦尼亚女人触爱神之怒，为其夫所弃，因狂怒尽杀男性亲属以为报复。达瑙思女五十人为埃及五十兄弟所要，达瑙思不敌，伪许之，阴属诸女于结婚时尽杀其夫。

兰米思，去罢！再会了，最伟大的上校，不拘杀过多少人的凶手！

莱　站住，姑娘站住！——啊，她去了！

该　呃，莱恩的科思，你用了你的点头的羽缨和不可信的功业，把那老实的小东西吓怕了。我见她的脸色转白，正讲着军官的故事的时候；等到你将他的头劈开，她的脸便都牵扯而且颤抖起来了。

莱　我以为这样将使我更为中意呢。但是这也是你的不好；你首先提起那决斗来。

该　我看你为着什么在那里说大话，也只能附和着说。但是你说的那样过火。割去那可怜的巴夫拉戈尼亚人的头，也还罢了，你什么要插在矛上，并且使血流在你的身上呢？

莱　我承认那确也太过一点，其馀的本来倒还构造的颇好。现在你去，劝她仍旧回来罢。

该　我可以说你是撒诳，教她知道你仍是一个好人么？

莱　啊，那是不行。

该　这是唯一的办法。你选择罢：一员伟大的战将，而被嫌恶；或者是一个亲供的撒诳的人，而，——许姆尼思？

莱　坏还是最好；但我选择许姆尼思。那么，该尼达思，到她那里去，说是我撒诳，——有一部分。

【附记】 路吉亚诺思（Lukianos），二世纪时叙利亚人，讲学雅典，以希腊文著作。其问答体诸篇最佳，具喜剧拟曲讽刺诗哲学问答诸种分子。此篇系其《娼女问答》（*Hetairikoi dialogoi*）之一，原第十三，别无篇名。古今相去千七百馀年，但人情没有变化，读古文书，仍有现代文艺的趣味，所以译他出来。我想古典之有生命者，不以古而遂湮灭，正犹今“典”之无生命者不以今人而得幸存。

一九二一年十月十七日附记。

二、兵士

人物

珂赫理思　娼女

巴耳台尼思　女乐

珂　巴耳台尼思，哭着么！什么事呢？你的箫怎么破的呢？

巴　啊啊。我被克洛加来的热客所打了，那个爱多利亚的兵士；他看见了我在克洛加来那里奏乐，被他的敌手戈耳果斯所雇。他们正在吃饭的时候，他冲进来，摔碎了我的箫，掀翻了桌子，将酒碗都倒掉了。戈耳戈斯——那个乡下人，你知道——他拉出食堂外去，拔着头发；他们里边的两个人，提诺玛呵思——我想他们这样的叫他——和一个兵士，站着只是捶他。啊，珂赫理思，我还不知道他会不会活呢；鼻子里淌着许多血，他的脸都肿胀而且青黑了。

珂　那人疯了呢？还是正发酒风呢？

巴　全是妒忌，——恋爱撒了野了。克洛加来讨价两泰伦多（值银四千元），倘若提诺玛珂思要她归他一个人。他不答应，所以她把他关出，我听说，不准他进去了。她便另外接了阿诺呃的戈耳戈斯，一个有钱的农夫，又是整齐的人；他们正在一同喝酒，她叫了我去吹箫。那时酒一巡一巡的过去，我正吹着一支吕提亚的曲调，那农夫站起身来跳舞，克洛加来拍着手，大家都很高兴。忽然的听见一种音响和叫声，大门便哗喇的倒下了，顷刻中奔进八个强大的汉子，那个畜生也在里边。立刻一切都捣乱了，戈耳戈斯倒在地下，我已经告诉你过，被捶而且被踢。克洛加来却逃脱了，躲在间壁谛思比亚那里。提诺玛呵思批我的嘴巴，说道："到鬼里去！"把破箫丢给我。我现在正跑去告诉我的主人。那农夫将去寻找城里的几个朋友，把那个畜生传到警察署里去。

珂　是呀，打伤和官司，——这是我们从军队得来的一切了。他们告诉你，他们都是上将和上校，但是到了付钱的时候，他们说："呀，等到发饷的日子罢，那时我将得到饷银，一切都弄清楚了。"我愿他们都死了，他们和他们的大话。但是我不曾同他们有过交涉，这是最好的办法。给我一个渔人，一个舟夫或是农夫，不见得比我更好，少说好话却多给钱。那些摇摆着羽缨的言语之战士，巴耳台尼思，他们是除了喧闹更没有别的了。

【附记】　这篇也是《娼女问答》之一，原列第十五。

海罗达思《拟曲》第二，述娼家主人巴达洛思诉水手泰勒思劫娼女密耳达勒，大略近似。巴云："我在这泰勒思手里，受了多少苦恼，正如掉在沥青里的老鼠。我被打了，我家的门捣破了，我的门楣烧掉了，——我却一年拿出四个斯达台耳（值银三十元）做房租，老爷们。密耳达勒，前来，给大家看，不要害羞，只当你所见的那老爷们都是你的父亲和兄弟们便好了。老爷们，请看她①的柔嫩的身体，给那恶棍在拖她出去的时候，怎样的都被抓破了。"他又对泰勒思说："我想，你爱密耳达勒罢。那是不足为奇。我也爱麦。给我那个，你就得到这个了。否则，凭了上帝，倘若你胸中有情火烧着，将他的身价塞到巴达洛思的手里来。那么她是你的了，你可以去随意的捶她了。"

十月二十一日附记。

【锺校】

①"她"原作"他"。

三、魔术

人物

美列多

巴吉斯　均娼女

美　巴吉斯，你认识那些老婆子么？她们到处都很多，称作谛撒利亚人的——她们有咒语，你知道；能够使一个男人与你相爱，无论他以前怎样的恨你。你去！给我叫一个来，那才是好人儿，我情愿舍去我的身上的衣服，首饰和一切，要亲见哈利诺思回来，使他恨西米该，正如他现在的恨我一般。

巴　美列多，你说的是哈利诺思跟了西米该去了么，而且在他为了你的缘故不肯娶那财主女儿，使他的亲属那样发怒之后么？她本来可以给他带五泰伦多（一万馀元）过来，他们这样的说。你先前告诉我的那些话，我还没有忘记呢。

美　啊，现在这却都已完了。我在这五天里，还不曾瞥到他一眼。不，他和西米该正同他的朋友般美纳思大家享福哩。

巴　可怜的人儿！但这当然不是一件小事罢，会将他赶走了：这是为的什么呢？

美　我也不很清楚。我所能说的只是，他在那一天从比拉阿思回来，——他的父亲差他去收帐目，——就连眼睛也不要看我了！我跑去迎接他，等着他抱我在他的怀里，但是他却反把我推开！“到船主海摩谛摩思那里去，”他说，“你去到缸瓦市看柱子上所写的是什么，你将在那里寻到你自己的名字，同着他的。”我说：“海摩谛摩思？柱子？你说的是什么？”但是他不肯再说了；他走去睡觉，不曾吃饭，也不曾看我一眼。我尝试了一切：我将所有的抚爱给他，尽我的力量使他来看我。没有东西能够使他回心，他只说：“倘若你再烦扰，我就立刻出去，不管现在是什么时候。”

巴　但是，我想，你真认识海摩谛摩思么？

美　呀，倘若我曾经听到一个做船主的海摩谛摩思，我愿我将来比现在还要困苦！——第二天早晨，在鸡叫的时光，哈利诺思起身，于是出去了。我记住他所说的，什么我的名字写在缸瓦市里，所以我差亚吉思去一看；她所看见的便是这样，正在双扇门近旁，你进去时的右边，用白粉写着，“美列多爱海摩谛摩思”；略低一点又写道“船主海摩谛摩思爱美列多”。

巴　唉，恶作剧的孩子们！我知道了！一定有人写了戏弄哈利诺思的，知道他是怎样的妒忌。他却立刻相信了！倘若我在什么地方遇见他，我一定要对他说。他真是一个小孩子，全然没有经纬的。

美 倘若你见到他，是呀；但是你未必会（看见他）。他同西米该躲藏起来了；他的亲属常来寻他，以为他还在这里。不，巴吉思，我要那样的一个老婆子；她会把诸事都整理好的。

巴 那么，我知道[①]一个超等的道姑；她从叙利亚来，这样的一个活泼强健的老东西！有一回法尼亚思也照样的和我吵架，为了毫不相干的事情，那时是她使我们两人再和合的，在四整月之后；我已经把他绝望了，但她的符咒却牵了他回来。

美 她的报酬是怎样呢？你还记得么？

巴 啊，她是最公道的：一个特拉赫美（值银四角）和一块面包。那时你自然应该供给她食盐，硫黄，一支火把和七个铜钱。此外你还要给她倒一碗酒，她独自喝了，还要有属于那男人的一点东西，他的外衣，或是一双鞋子，一缕头发，或是什么别的物件。

【锺校】

①“我知道”原作“知我道”。

美　我有他的鞋子在这里。

巴　她将这物件挂在钉上用硫黄熏起来，拿一撮盐撒在火里，咒念你们的名字。她于是拿出她的魔法轮，旋转起来，纺出一种咒语，——这样的粗厉的蛮语！她作法刚才完了，那时候，很的确的，法尼亚思就进来了；福比思——那是他同住的姑娘——求他请他，叫他不要去，他的朋友们也说这是羞耻，但是他抵不住符咒的力量。啊是呀，她还教我一个抵制福比思的妙法。我须去寻出她的足迹，把最后的一个抹去了，将我右脚放在她的左足印里，左脚放在她的右边，于是说道："我的脚在你的脚上，我踏你倒了！"我都照着她所说的做了。

美　啊，巴吉思，好人儿，你快去，带了那道姑来。亚吉思，你去预备面包，硫黄[①]和别的东西。

【附记】　这是《娼女问答》的第四篇，与谛阿克列多思《牧歌》第二相似，而较轻妙，盖所言系外宅，所以没有那样的真挚而猛烈。文中魔法轮原云Rhombos，陀螺之一种，如原始民族所用的牛鸣板，

【锺校】

①"硫黄"下原衍"思"字，已删。

挥舞之作大声。牧歌中云："正如这青铜的轮之旋转，他也将因了爱神的禁厌，这样没有安息的转转于我门外。我的魔法轮呵，牵引我所爱的人回我这里来。"又说："兑耳菲思从他的外衣上落下这条花边，我现在将他撕碎，投入凶残的火焰里。"这便是用硫黄熏鞋子的意思，想因了感应之力伤害衣物的主人。

十月二十二日附记。

小说五节

一、苦甜

［希腊］ 朗戈思　作

达夫尼思与陀耳康争论自己的美，由赫洛蔼公判，得胜者的赏品是赫洛蔼的亲吻。陀耳康先这样说：

“我比达夫尼思更长，处女呵，而且我是牧牛人，他是牧羊人，所以我（比他）更好，正如牛比羊（更好）。我是乳一般白，（头发）是红如待割的夏稻；乳哺我的是我的母亲，不是野兽。但他是矮小，没有胡须像女人一样，乌黑像一只狼；他看山羊，气味多么坏。他这样的穷，不能养活一只（牧）狗；倘若真如人们所说，母山羊给他乳吃，那么他也不能胜过一只小山羊。”

陀耳康这样说了，达夫尼思接着说道：

“山羊乳哺我，正如宙斯一般。我看山羊；但我养出山羊来比他的牛还要高大；我没有气味，好比那牧神，因为他是羊（脚）的。我有干酪和烤过的面包，还有白酒，田家的富美的食物。我没有胡须，但提阿尼梭思也这样；我是乌黑，但木水仙也这样：提阿尼梭思要比山灵更好，木水仙也比百合（更好）。他是（头发）红得像狐狸，拖着胡须像山羊，（脸）白像是城里的女人。倘若你应当亲吻，你可以亲我的嘴，但和他只（亲着）下巴上面的毛胡。而且不要忘记，处女呵，母羊乳哺了你，但你还是很美。”

一半因为听了他的赞美，所以喜悦了，一半因为爱着达夫尼思，赫洛蔼跳起来，给他亲吻，质朴而且真率，但足使他的心发烧了。陀耳康很苦痛的跑走了，去想别的恋爱的计画，但是达夫尼思也变成忧郁，仿佛不是亲吻，却是被咬；他颤抖了，止不住他心的跳跃；他想看赫洛蔼，看着的时候，他的脸又全红了。直到现在，他不曾赏识她的金黄的头发，她的大的眼睛，恰如牛（眼），和她的脸色，比羊乳更白；他似乎初次才有眼睛，以前都是瞎的。他也不拿食物到嘴里去，除非被强迫了，才尝一点东西或者喝一口水。先前比蚱蜢尤为多话的达夫尼思，现在不作声了；比山羊更其活泼的他，现在很迟钝了。他不注意他的羊群，他的编箫也放在一旁了。他的脸色，比夏天的草更青白了。他单和赫洛蔼说话；离开了她，只有一个人的时候，他便独自唠叨的说。

“赫洛蔼的亲吻，使我怎样的改变呵？她的嘴唇比蔷薇花更软，她的嘴比蜜房更甜，但是她的亲吻却比蜜蜂的刺更利害。我也曾和小羊亲吻，和初生的羔儿以及陀耳康给我们的小牛。但这（赫洛蔼的）亲吻却是不同了。我喘息，我的心跳跃，我的灵魂融化了，但是还想与伊亲吻。阿，凶的胜利，新的痛苦，他的名字我所不知道的。或者赫洛蔼在亲我之前，吃了什么毒药么？那么，她为甚么不死呢？那夜莺怎样的歌唱，但是我的箫哑了；小羊怎样的游嬉，但是我只坐着；花怎样的盛开，但是我不编花鬘；地丁与木水仙开花了，但是我达夫尼思将憔悴死了。难道陀耳康将显得比我更为美伟么？”

这样，那最好的达夫尼思受苦而且诉说，因为他初次尝到了恋爱的苦劳和言语了。

【附记】 朗戈思（Longos）的事迹无可考，只知道大约是四世纪时的人罢了。他所著的一部《达夫尼思与赫洛蔼》，是后世田园小说的始祖，正如谛阿克利多思之于《牧歌》。现在牧羊人与牧羊女的那种拟古的小说虽然已经不再流行了，但是在描写田园生活的作品里，一切的清新优美之气，差不多仍然是从这源泉里流出的。原书凡四卷，共一百四十馀节，现在所译系第一卷十六至十八节，是全书中有名的处所之一，丹麦尼洛布（Nyrop）教授在《亲吻与其历史》中说，“最初亲吻以后的感情[①]，曾记述在那古代的纯朴而又极优雅的恋爱故事《达夫尼思与赫洛蔼》的里边”，所指便是这几节。文中略有涉及神话故实的地方，今附注于左：

宙斯（Zeus）是希腊最大的神，幼时为母羊所乳。达夫尼思与赫洛蔼都是贵家的弃儿，亦受母羊乳哺，后为牧人收养，所以文中说正如宙斯一般。

牧神（Pan）居山林中，角耳及两足皆如羊，又有山灵（Satyroi）形状相似，但品位稍下，数亦众多，不如牧神之只有一人。

提阿尼梭思（Dionysos）是一切生命之神，亦是酒神，状如美少年。

“脸色比夏天的草更青白”，本出于古代女诗人萨

【锺校】

①“最初亲吻以后的感情”，原作“最初的亲吻以后感情”。

普福（Sappho）有名的《寄所爱（的女）》的诗中。她的断片中又有“苦甜”（Grykypikron）一个字，表示恋爱的苦劳，现在便拿来当作题目。“她的嘴比蜜房更甜”，在《旧约·雅歌》里也说“你的嘴唇滴蜜，好像蜂房滴蜜”；谛阿克利多思《牧歌》第一章说，“愿你的美的嘴满是蜜，满是蜜房”，正是古代常用的文句。

一九二一年十二月五日记。

二、断片四则[1]

暑假中想把希腊朗戈思著《达夫尼思与赫洛蔼》的故事四卷（Longos，*Logoi tettares kata Daphnin kai kata Khloen*）译出，虽然已经动手，因为别的事情，译了几节终于中止了。今日拿出书来闲读，觉得仍是很有趣味，便[2]从原稿上摘出一二段，又新译两段[3]，一并发表，聊以表示我对于这古代的牧歌小说的爱重之意而已。

十三年十月二十六日。

一、引子

在勒色波思游猎，我在神女林中见到一个绝妙的事物，—— 叙事的图画，恋爱的故事。

这树林也很美丽，多树木，有花，富于水泉。一个源泉灌溉一切，那些花以及树木。但是这图画更为好看，有美妙的艺术与结构；因此有许多外方人闻名而来，有些来拜神女，有些来看图画。图上画出女人

【锺校】

① 原作“希腊小说断片”，现改为同目录一致。

② “便”字原无，今增。

③ “又新译两段”，原作“又新译小话两首”。

生产婴孩，别的给小孩着襁褓，有婴儿被弃，母羊哺乳，牧人收养他们，有青年男女互易誓约，有强盗的攻袭与敌人的侵入。

我正观赏那些恋爱的画景的时候，忽然想到想把这图画变成文字。于是我找到了一个讲释的人，写成四卷书，当作献给爱神、神女们以及牧神的供品，送给大家的娱乐，使病人得愈，愁人得慰安，使爱过的人回忆过去，未曾爱过的会知道爱。因为没有人曾能或将能逃避爱神，假使美长存在，目能看见。愿神给我清明的心，去叙述人家的恋爱。

二、爱神

二人问这爱神是什么东西，是小孩，还是鸟呢？他有什么本领？菲勒达思答说，爱神乃是神，年轻、美丽而有翼，他所爱是年少，所追求是美，所司是副翼人心。他的本领就是宙斯大神也不能及。他统御元行，统御星辰，以及同类的神，比你们管理羊群还要自在。这些花都是爱的工作，这些草也都是他的手迹。水由他而流，风由他而吹。我曾见公牛怀春而鸣吼，如为牛虻所螫，又见山羊爱其偶，到处跟着她走。我以前年少，曾爱亚玛吕利思；我不想吃，也不想饮，并不想睡觉；我的精神苦闷，我的心跳跃，我的全身寒颤。我呼号如被殴打，口噤如死，我投身川中，如被烧灼。我呼牧神救我，凭了他对于比都思之爱。我感谢神女蔼珂（Ekho，义云反响），承她回呼亚玛吕利思的名字。我撞碎我的编箫，因为他能感召我的牛群，不能招回我的情人。没有药可以医治相思，没有丸剂，也没有符咒，除了亲吻与拥抱。（第二卷七节）

三、编箫

拉蒙告诉他们道，这箫本来不是乐器，但是一个名叫箫（Surinx）的处女，美貌而且有美音。她牧羊，同神女们游戏，美妙地唱歌同现在一样。有一天她正在牧羊，游戏而且唱歌，牧神前去求婚，允许她这年母羊都产双羔。但她嘲弄他的爱情，说她不愿有一个又不是羊又不是人的情人。牧神追赶迫胁她，她逃避他的迫胁，直至后来逃得困惫了，她蹲在芦苇丛中，没入沼里不见了。牧神怒攫芦苇，却没有找到她；他随即猜着她的运命，遂发明了编箫，采几枝长短不等的芦管，用蜡封住，因为他们的恋爱也是不等。于是以前的美丽处女现在成为好听的箫，还叫着她的名字。（第二卷三四节）

四、反响

神女有好几种，榛树神女、槲树神女、沼泽神女等，都美丽而且有美音。蔼珂是一个神女的女儿，是人间世的少女，因为父亲是凡人，但她美丽如她的母亲。她被育于神女，受教于文艺女神，学习吹箫管，弹箜篌立琴，以及唱歌。她到了处女之花的时期，她同神女们跳舞同文艺女神们唱歌，但她爱惜童贞，逃避男子，不论神人。牧神妒忌她的美音，又恨她的孤傲，使那些山羊绵羊的牧人忽发风狂，他们像猎狗或狼一样把她撕碎，四肢还是歌唱着——分投各处。地母因为爱神女们，把肢体都隐埋了，保留着那美音，又因文艺女神们的好意，仍使发出声音，模仿一切神人鸟兽乐器之声，正如她生前一样。她并且模仿牧神吹箫的声音。他听了急忙跳起，在山上追寻，这回并不为恋爱，只是想知道这不现形的学舌的人究竟是谁。（第三卷二三节）

古诗二十一首[①]

一、美勒亚格罗思　作

TO skuphos hedu gegethe—Meleagros

酒杯喜孜孜地，说他亲了那深情的
什诺裴拉的多话的嘴了。
幸哉！愿得她的唇靠着我的唇，
她将一口气吸尽了我里边的灵魂。

二、柏拉图　作

Ten psukhen Agathona—Platon

我亲阿伽宋的时候，嘬[②]住灵魂在我的唇边，

【锺校】

① 原作“杂译希腊古诗二十一首”，现改为同目录一致。
② “嘬”原作“哷”。

因为它上来了，可怜的，仿佛是要出去的样子。

三、阿伽谛亚思　作

Eimi men ou philooinos—Agathias

我不是酒徒，但如你愿我醉，
你先尝了拿来，我就饮了；
因你如用唇触酒，便使人家不容易
清醒着，或逃避这甜美的行酒者；
因那杯从你带了亲吻来了，
告诉我他所受的恩惠。

四、诺西思　作

Hadion ouden erotos—Nossis

没有比爱更甜的东西，一切美味都是其次；
——就是蜜我也从嘴里吐出了。
诺西思这样说，凡不为爱神所爱的
不知道她的花是怎样的蔷薇。

五、比亚诺耳　作

Houtos ho meden ho litos—Bianor

这个无用的，庸碌的，又是一个奴厮的人，
这人为人所爱，是别人的灵魂的主人。

六、玛耳古思　作

Isias hedupneuste—Markos

香气息的伊西亚思，即使睡得十分地香甜，
请你醒来，拿这花鬘在你的玉手里，
这现在开着，到了天明你将见它
萎谢了——你的青春的象征。

七、阿思克勒披亚台思　作

Pheidei parthenies—Asklepiades

你保藏你的童贞，又怎样呢？因为到了冥土，
女郎，你将更找不到一个情人。
在活人才有爱神的欢乐；但在苦河那边，
姑娘，我们睡着只是白骨与尘土了。

八、无名氏　作

To rhodon akmazei—Adespoton

蔷薇花盛开只是暂时，
过后去寻访，不见蔷薇只有刺了。

九、斯忒拉多　作

Eimen geraskei—Straton

美如会老，那么及时分享了罢；
如若永存，又为甚怕给予那存留的东西呢？

十、无名氏　作

Me mura me stephanous—Adespoton

勿献香花于我的石坟上，
也勿烧火：耗费都是空的。
你如有意，请在生时惠我；用酒浇我的灰
只做成一团烂泥，死者是不复饮酒了。

十一、无名氏　作

Pine kai euphrainou—Adespoton

且饮酒，且快活，因为明天怎样将来怎样
没有人知道。不要奔跑，不要辛劳；
请尽力地给罢，分享罢，吃罢，想现世罢。
活着不活着没有什么分别。
人生都是如此，只是机运罢了：
你如先得了，这便是你的；
你如死了，都是别人的，你就没有分了。

十二、阿思克勒披亚台思　作

Homologes hexein—Asklepiades

有名的尼珂答应说夜里来，
还凭着庄严的制礼女神立下了誓。
她没有来，查夜的也已过去了，难道
她是扯谎么？——小子，吹熄了灯罢！

十三、美勒亚格罗思　作

Nux hiere kai luxne—Meleagros

神圣的夜与灯呵，我们不凭了别人，
只以你们两个为盟约的证人；
他说他将爱我，我说我永不离他，
我们立誓，你们就作两边的中保。
现在他说这盟约是写在水上，
而且你，灯呵，照见他在别人的怀里。

十四、前人　作

Keimai lax epibaine—Meleagros

我睡倒了，请用脚踏我的颈罢，凶神，
我认识你，凭了众神，你是沉重不可担受的，

我又认识你的火箭；但是掷你的火把在我心上，
你再也点它不着，因为这已全是灰烬了。

十五、无名氏　作

Hoplizeu Kupri toxa—Adespoton

爱神呵，拿你的弓，请慢慢去寻别的靶子罢，
因为我实在再没有受伤的地方了。

十六、美勒亚格罗思　作

Ten perinekhonmenen—Meleagros

你如屡次烧这飞绕的灵魂，她将逃走了，
爱呵。因为她，你忍心的人，也是有翼的。[①]

十七、地阿尼修思　作

He ta rhoda rhodoessan—Dionusius

拿蔷薇的，你同蔷薇一样的美；但你卖的是什么？
你自己，你的蔷薇，还是两样呢？

【原注】

① 此系咏飞蛾绕烛者，希腊称灵魂与蛾蝶皆云 Psukhe，诗意双关。

十八、遏拉多斯典纳思　作

Oinopotas Xenophon—Eratosthenes

酒徒克什诺芬献这空瓶给你，酒神啊；
请你惠收罢，因为他别无所有了。

十九、路吉留斯　作

Eisiden Antinokhos—Lukilius

孟骑瞧见了仲弭的靠枕之后，
仲弭就不再瞧见那个靠枕了。

二十、前人　作

Hermogeine ten iatron idon

帝显在梦中见了神生大夫，
他不再醒来，身上虽然佩着护符。

二一、尼加耳呵思　作

Kheirougon esphaxen—Nikarkhos

伯群行手术，把子愈弄死了，
“可怜人，”他说，“活着倒要跷脚了。”

【附记】　以上十八首系去年五六月中所译，末三首从十一月的《语丝》第二期《希腊讽刺小诗》中选取。

一九二五年三月二十日记。

法兰西小篇

散文小诗八首

[法国] 波特来耳 作

一、外方人

告诉我，你谜的人，你最爱谁？你的父亲，你的母亲，你的姊妹，你的兄弟么？

“我没有父亲，没有母亲，也没有姊妹，也没有兄弟。”

那么你的朋友呢？

“你用这一个字，直到现在，在我是无意义。”

你的祖国呢？

“我不知道它所在的纬度。”

那么美呢？

“我很愿爱她，那不死的女神——！”

黄金呢？

“我憎恨他如你们憎恨你们的神。”

那么，奇异的游子，你爱什么呢？

“我爱那云，——那过去的云，——那边，那神异的云。”

二、狗与瓶

“来，我的美狗；来，小汪汪[1]，嗅这在市上优等香店里买来的上好的香水。”

于是那狗，摇着尾巴——这是一种记号，那可怜的东西替代大笑或微笑的——走近前来，好奇的将他的湿鼻子放在门口的瓶上；但他突然惊惶的退后，埋怨似的向着我低嗥。

“唉，可怜的畜生，倘我给你一块排泄物，你会欢欢喜喜的嗅，或者吞咽了。这样便是你，我的不幸生活的不肖的伴侣，也正如民众一般；决不可给与微妙的香，这反要激怒他们，除了随时检集的污秽。”

【锺校】

①“汪汪”原作“㕵㕵”。

三、头发里的世界

让我很久很久的呼吸你头发里的气息，让我将全面庞沉到这底里去，如口渴的人在泉水中，让我用我的手来挥动它如一条薰香的手巾，将记忆挥散在空气里。

你倘能知道我在你头发里的一切所见，一切所感觉，一切所领会呵！我的灵魂在香气之上旅行，正如别人的灵魂在音乐之上。

从你的头发升起一个圆满的梦，充塞着帆与樯；它容纳大海，在这上面，贸易风送我向优美的国土，在那里天空更蓝而深，大气被果实树叶和人所薰香了。

在你的头发的大洋里，我见一海港，低唱着忧郁的歌，用了各民族的强壮的人们和各种形状的船舶，在垂着永久之热的巨大的天空上，雕镂他们的微妙细巧的建筑。

在你的头发的爱抚里，我又感到那久坐胡床的倦怠，在大船的船室里，为海港的不觉得的波动所摇荡，在充满花朵的瓶盎和清心的喷泉的中间。

在你的头发的炽热的分披里，我呼吸那夹着阿片和糖和烟草的气息；在你的头发的夜里，我看见热带的天的无穷的照耀；在你的头发的茸毳似的岸边，我因为柏油麝香和科科油混杂的气息而沉醉了。

让我久久的咬你浓厚的黑头发。我在啮你弹力的反逆的头发时，这似乎我正在吃记忆。

四、穷人的眼

唉！你要知道我今天何以恨你。在你要理解这，或者比我说给你听，更不容易了；因为你是，我想，在世上所能寻到的女性的隔阂的最美的标本。

我们一同过了一个长日子，——而在我却还是觉得很短！我们互相应许，我们当想同一的思想，我们的两个灵魂当成为一个灵魂；——一个梦，并没有什么新奇，不过人人都梦见，却没有人实验过。

在晚间你有点倦了；你坐下在一条新街的角上咖啡店的外边，虽然还在石灰涂饰，已经显示它的未曾完成的华美了。那咖啡店辉煌了。那煤气灯自己便发出新开张的所有的热力，用了它的全力照着墙壁的眩目的白镜上的闪烁的玻璃片，檐下与柱上洼形装饰的贴金，肥面颊的侍者用力拉住了带索的狗，贵妇人们笑那屈着站在腕上的鹰，仙女与女神头上顶着果物包子与野味，许多赫贝与伽尼美台①伸长臂膊，拿甜酒的小瓶与杂色的冰塔；历史与神话的全体合并起来，造成一个饕餮者的乐园。

【原注】

① 神话中的司酒的男女。

正对着我们，在街道中间，站着一个人，大约四十岁年纪，有着困倦的脸与灰色的须，一手挽着一个孩子，别一只手抱着一个还不能走的孱弱的小孩。他是替代保母的职务，带了他的小孩们，来给受用夜间的空气。他们都穿着破衣。三个脸都非常严肃，六只眼瞪视着新咖啡店，一样的惊奇，但应了年纪现出不同的印象。

那父亲的眼睛说道："这多少美，这多少美呵！人家几乎要想，所有穷人们的金子都走到这屋里去了。"小孩的眼睛说道："这多少美，这多少美呵！但这屋里，只有不是像我们这样的人，才能进去的。"至于那最小的小孩的眼睛，它们是太入迷了，除了蠢笨而深厚的喜悦以外，没有别的表示了。

诗人说，快乐使魂美善，使心柔和。这诗人是对的，总之这晚上在我正是这样。我不但被这眼的家族所感动，我还觉得惭愧了，对于我的许多的酒杯和酒瓶，多于我们的渴。我回过来看你，可爱的，我希望能够在你里面读出我自己的思想：我深深的看进你的眼睛去，这样的美而且异样的甜的，你的碧眼，在那里是浮动所主宰而且醉于月光者；你对我说："这些人真有点讨厌，张着那么瞪视的大眼睛！你不能叫侍者长吩咐他们走开去么？"

互相理解是这样的难，我的爱人，而且思想是这样的不能传达，——即使在互相爱恋的人们的中间！

五、你醉

人要永远醉：就是这个。这是智慧的A与O；这是人生唯一的问题。倘你要不感到“时”的可怕的负担搁在你肩上，压你到地上，你要永远醉——不要放下。

然而以什么醉呢？以酒，以诗，或以德，全如你所愿：但只是醉。

倘你有一时——在宫殿的阶上，在濠沟的绿岸上，在你自己的房的荒凉的孤独里，倘你将醒来；倘醉意已经微弱，倘它全然消失了——：那就去问风，或浪，或星，或鸟，或报时钟，问一切飞者，或叹息者，或旋转者，或歌者，或说者，问是什么时候了；于是那风，浪，星，鸟，钟，他们会答你说：“这是醉的时候！要醉，倘你要不为‘时’的牺牲的奴隶；要不断的醉！以酒，以诗，或以德，全如你所愿——你醉！”

六、窗

从开着的窗看进去的人，决不比看那合着的窗的人所见之多。世上再没有东西更深奥，更神秘，更丰饶，更幽暗，或更眩目，过于烛光所照的窗了。你在日光中所能见的，常不及在窗玻璃后所演了的更有趣。在那个黑暗或光明的孔中，人生活着，人生梦着，人生辛苦着。

横过了屋山的波浪，我能见一个中年的女人，脸皱，穷苦，她常靠着一件东西，她不曾外出。从她的脸，从她的服装，从她的姿态，从几乎无物，我造[1]出这女人的历史，或者不如说是她的故事来，我有时带着眼泪将它对自己复述。

倘若这是一个穷苦的老人，我能一样容易的造出他的故事。

于是我睡倒了，自己满足我已经生活过，辛苦过了，在他人的身上。

或者你将对我说："你相信这是真的故事么?"这有什么关系，在我以外的任何实相有什么关系呢，倘若他帮助我生活，觉得，我在，和我是什么?

【锺校】

① 原无"造"字，据《小说月报》增入。

七、月的恩惠

月——她是浮动的本身——当你睡在你的摇篮里的时候，从窗门窥望进来，自己说：“这孩子很中我意。”

她软步走下了云的梯子，毫无声息的穿过窗门的玻璃。于是她带了母亲的柔软的温和，俯伏在你的上面，将她的颜色留在你脸上。因此你的瞳人成为碧绿，你的两颊异常的青白了。因此你看着这来访者的时候，你的眼这样意外的张大了；她又这样柔和的用两臂来拥抱你的颈子，所以你以后便永远易于落泪了。

在她的喜悦的涨满里，月充满了全屋，正如一种磷光的空气，正如一种明亮的毒：这一切的活的光辉想而且说：“你将永远受我的亲吻的影响。你将美，如我之美。你将爱一切，我所爱的，与我所被爱的：水与云；夜与沉默；广大的绿海；无形与多形的水；你永不会到的地方；你永不会知道的情人；怪异的花，酩酊的香气；昏眩似的躺在风琴上，用了甜美的沙声如女人一般啜泣的猫！

“而且你将为爱我者所爱，为媚我者所媚。你将为他们的女王，——有碧眼的，他们的颈子在我夜的爱抚里被我所拥抱的，那些爱海，爱广大狂暴的碧海，无形与多形的水，他们不到的土地，他们不知道的女人，邪香的花如不知的教仪的香烟者，乱人意志的香味，以及为他们自己愚行之象征的凶野而放佚的野兽的人们的女王！”

便为这缘故，被诅而且被爱的骄养的孩子，我所以睡在你的脚下，想在你那里寻到那可畏的女神的影象，——那前知的神母与一切的“月光病者”[1]的毒的乳母。

【原注】

① 古人相信风狂的人系为月光所中，病的作辍与月的盈亏有关，故称 Lunaticus，希腊语云 Seleniazoumenos，亦是此意。

八、海港

海港是一个倦于人生的狂暴的人的愉快的住处。天的丰满的深，云的流行的建筑，海的多变的色彩，灯台的火的闪烁，——造成一个分光景象，神异的适合于娱目而不使困倦。船舶的苗条的形体，带着复杂的帆绳，波浪使他们谐和的动摇，足以保养那喜欢谐调与美的趣味。而且此上又有一种神秘的贵族的悦乐，给那已经没有好奇与野心的人，去蹲在望楼上，或用肘弯支着防浪堤，观察那作为与举动的一切：那些去的，和那些来的，那些还有意志之力——去旅行的——想获利的。

【附记】 波特来耳（Ch. Baudelaire 1821—1867）于一八五七年发表诗集《恶之华》，在近代文学史上造成一个新时代。他用同时候的高蹈派的精炼的形式，写他幻灭的灵魂的真实经验，这便足以代表现代人的新的心情。他于诗中充满了一切他自己的性格的阴影，哲学的苦味，和绝望的沉痛。他的幻景是黑而可怖的。他的著作的大部分颇不适合于少年与蒙昧者的诵读，但是明智的读者却能从这诗里得到真正希有的力量。他又有“散文小诗”一卷五十章，原名《巴黎之忧郁》，也是同类的精湛的文字。现代散文诗的流行，实在可以说是他的影响。现在据英国西蒙士诸人的译本，并参考德人勃隆译全集本，译出八章。

一九二一年①十二月三十日附记。

【锺校】

①“一九二一年”原作“九二一年”。

田园诗六首

［法国］ 果尔蒙　作

一、毛发

　　西蒙尼，在你毛发的林里，
有一个大神秘。
　　你有稻草的气味，
你有兽类睡过的石头的气味；
你有熟皮的气味，
你有刚才簸过的小麦的气味；
你有木材的气味，
你有早上拿来的面包的气味；
你有沿着荒废的土墙
开着的花的气味，
你有木莓的气味，
你有被雨洗过的长春藤的气味；
你有傍晚收割的

灯心草和羊齿的气味；
你有冬青的气味，你有莓苔的气味，
你有在篱笆荫下结了种子
枯黄了的草的气味；
你有荨麻金雀儿的气味；
你有苜蓿的气味，你有牛乳的气味，
你有茴香的气味，
你有核桃的气味；
你有很成熟了摘下的果子气味；
你有花叶茂盛的时候的
杨柳和菩提树的气味；
你有蜜的气味，你有生的气味。
在原野上走着的时候；
你有地与河的气味，
你有爱的气味，你有火的气味。
　　西蒙尼，在你的毛发的林里，
有一个大神秘。

二、冬青

西蒙尼，太阳在冬青的叶上笑着，
四月回来和我们来游嬉了。

在他肩上搁着各种的花篮，
他将花给与山查，给与栗树，又给与杨柳；

他在野草的中间一朵一朵撒下花去，
在小河的岸边，在池塘与沟渠的岸边；

他为水留下木水仙，为树林留下石楠花，
在那些笼罩着枝条的地方，

他撒地丁到木莓的树荫下，
他的赤裸的脚勇猛的隐蔽他们，推他们进去。

他将雏菊给与一切田野，
又给带着小铃的项圈的樱草。

在树林里沿着清凉的小路
他落下了白头翁与铃兰。

他种下燕子花在人家的屋上，
又在我们的园里，西蒙尼，那个愉快的园里，

他将散布鸽子花与三色地丁，
风信子，和丁香的好的香味。

三、雪

西蒙尼，雪同你的脖颈一样的白，
西蒙尼，雪同你的膝踝一样的白。
西蒙尼，你的手同雪一样的冷，
西蒙尼，你的心同雪一样的冷。

融雪要心的亲吻，
融你的心要离别的亲吻。

雪是悲哀似的在松树的枝上，
你的前额是悲哀似的在黑发的影里。

西蒙尼，你的妹子雪是睡在院子里。
西蒙尼你是我的雪，——是我的情人。

四、死叶

西蒙尼，我们往树林里去罢；叶正落下了；
我们遮盖了青苔，石头和小路了。

西蒙尼，你爱死叶上的步声么？

他们有这样柔和的色彩，这样暗淡的渲染，
他们是这样孱弱的地上的游子。

西蒙尼，你爱死叶上的步声么？

他们对着曙光这样悲哀的看；
他们这样凄恻的哭，在风来撒散他们的时候。

西蒙尼，你爱死叶上的步声么？

被踏碎在脚下的时候，他们鬼魂一般的哀哭，
他们做出翅子的声音，或是女人衣服的声音。

西蒙尼，你爱死叶上的步声么？

来呵，有时我们也将成了可怜的死叶。
来呵，夜已经下来了，风吹我们去了。

西蒙尼，你爱死叶上的步声么？

五、河

西蒙尼，河正唱着质朴的歌，
来呵，我们往灯心草与骨蓬的中间去罢；
是中午了：人们离开他们的犁了，
我呢，我将看你的素足在清冷的水里。
河是鱼与花的母亲，
树木与鸟，香味与色彩的母亲；
她将水给鸟喝，
那些吃了米谷将飞到远方去的鸟；
她将水给绿肚皮的青蝇喝；
给那船奴似的划着的水蜘蛛喝；
河是鱼的母亲：她给他们
昆虫与草，空气与阿屯；
她给他们恋爱；她给他们翅子，
可以跟随雌鱼的影到世界的边境。
河是花的母亲，虹的母亲，
一切用水和太阳造成的东西的母亲。
河养育钟花与牧草，
有蜜的香气的翠菊，
又养育有鸟的茸毛似的柔软的叶的毛蕊草；

她养育小麦苜蓿和芦苇；

　　她养育苎麻与亚麻，

她养育燕麦大麦和荞麦；

　　她养育裸麦河柳和频果树；

她养育杨柳与大的白杨。

　　河是树林的母亲：那美丽的槲树

从河床里吸取他们血管里的清水。

　　河孕育天空：雨落下来的时候，

这便是升到天上又复下降的河水。

　　河是很壮盛而且很清净的母亲，

河是一切自然的母亲。

　　西蒙尼，河正唱着质朴的歌，

来呵，我们往灯心草与骨蓬的中间去罢；

是中午了：人们离开了他的犁了，

我呢，我将看你的素足在清冷的水里。

六、果树园

西蒙尼，往果树园去罢，
拿了柳条的篮。
进果树园去的时候，
我们告诉频果树罢：
现在是频果的时节。
往果树园去罢，西蒙尼，
往果树园去罢。

频果树上满是黄蜂，
因为频果都熟透了：
在频果树的周围，
有一大阵呜呜的叫声。
频果树上满是频果，
往果树园去罢，西蒙尼，
往果树园去罢。

我们将摘红的频果，
摘鸽子频果与青频果，
还有略略熟烂的，
做频果酒用的频果。
现在是频果的时节，
往果树园去罢，西蒙尼，

往果树园去罢。

　　你的两手和衣服上，
都渗透了频果的香味罢；
你的头发里也充满了
秋天的优美的香气罢。
频果树上满是频果，
往果树园去罢，西蒙尼，
往果树园去罢。

　　西蒙尼，你是我的果树园，
你是我的频果树；
西蒙尼，赶去那黄蜂，
从你的心里和我的果树园里。
现在是频果的时节，①
往果树园去罢，西蒙尼，
往果树园去罢。

【鄢校】

① 原本至此止，以下两行为编者拟加。

俳谐诗二十七首

【附记】 一九二〇年十二月九日《读卖新闻》上有冈野薰的一篇《俳谐与法国诗人们》，说有保朗等十人从诗人古修研究日本俳句，共作俳谐体三句诗，并译出十首附在后面。一九二一年十一月与谢野宽在《明星》第一期上介绍法国的俳谐诗，略附说明道：

> 法国诗坛受了俳句的暗示，作三行的俳谐诗(Haikai)，始于古修，已经是十七八年前的事情了。这一派青年诗人在最近的大战去出征，并且作俳谐诗。这个真正的“无说明之诗”（Poesie san explication)，据说是甚适于表现战地的一刹那的感兴。其中也有死在战争里的人。这俳谐派虽然人数还少，却已确在法国诗坛的一隅有了基础。其作品出现在于诸杂志，诗集已有几册出来了。……

> 他们诗虽然称作俳谐，在形式上相似的地

方，是以三行组成，但未必用五七五的字数。其内容与语数相比例，大抵也较俳句更为复杂，无宁近于短歌。感情的暗示的地方，很与俳句相像。俳句有季节的限制这一件事，他们是不知呢，还是知道而故意的不顾的，都未可知。

现在便就两家所译的俳谐诗，重译出来，共十人二十七首。

一九二二年三月三十一日附记。

约翰保朗二首

一

谁呢，笑着和你说话？
不，小河的水，
和两三朵的花。

二

北边的空中是烟
东边的空中是胡蝶；
真是轻浮的风呵！

勒纳莫勃朗六首

三

我愿见那个女人，
也愿见伊的订婚的人。
但是两人一同来时呢？……

四

几个朋友死去了，
我的心渐渐和他们疏远了。
请原谅罢！

五

勃勒泰尼的夜，
不知什么地方，过去了，消灭了，——
木靴的音响和古时的歌声。

六

昏暗的晚间。
只有一个星光，——
有水在什么地方罢。

七

晚霞的纯红的云，——
在蔚蓝的天空的洞窟里，
细细的初月的影。

八

靠着窗户，
灯光照着的脸庞，
月光正落在发上。

亚尔倍耳彭桑一首

九

板凳是被露水湿了，
石凳是冰冷了，——
秋天的幽会。

莫列思弋朋一首

十

海的上面是

野鸭的群，——
片云造成的阴影。

保罗谒吕耶尔二首

十一

不唱歌的妻，
黑的衣服，灰色的人家，
“爱”出去了的晚间。

十二

新漆的栅栏，
青的树是蔷薇，——
哪，这是我的时节了。

约翰布耳敦二首

十三

在马的鼻子前面，
交飞的燕子，……
切风的剪刀。

十四

在水上触着了，又分离了，
枯的蔷薇的花束，
撕碎了的信札。

约翰理查勃洛克五首

十五

半夜里醒了，
月光正湿着道路。
我真想旅行呵。

十六

窗上是夜，
野上路上也是夜了，
灯火和我却是孤独。

十七

乡村的寒夜，
地炉里是红的馀火，
朋友都遥远了。

十八

晚风吹着，——
迟归的乌鸦，
啼着急飞的乌鸦。

十九

开着的市门，
显露出剪齐的黄杨木的短篱，——
柔软的冬天的雨。

彼得亚尔倍耳比罗一首

二十

在挺直的线路上，
火车横渡了六月走着。
雏罂粟排着队伍呢。

乔治撒比隆一首

二一

没有一点皱纹的水洼，——

饮水的母鸡，
用嘴掬着自己的影。

儒理安伏亢斯一首

二二

陶醉之后，暗黑的半夜，
二人不能不想到了，——
我们小孩们的失望。

保罗路易古修五首

二三

瓦瓶的中间，
一枝粗糙的纸花，……
乡村的旧教寺院。

二四

沉静的夜半，
干涸的河与古旧的塔，
想起他们往昔的盛时。

二五

寂寥的阴天底下，
带灰色的青绿的
古的运河。

二六

灯心草也睡了的日子。
我很愉快的
炙在正午的日光底下。

二七

在船的旁边，
我爬着倒挂下去，——
那个蜻蜓，你于我要求什么呢？

杂译诗

杂译诗二十九首[①]

这几年里读书的时候，看见有些诗歌颇有趣味，便将他们译出，到现在总结起来共得二十九首。我选译这些诗歌，只因为他们的思想美妙，趣味普遍，而且也还比较的可以翻译，并非说诗歌中只有这几篇算最好。又这二十九首的种类及思想也很不一律，所以我特地标明是杂译诗。

一九二二年九月三十日记。

【锺校】

① 原作“杂译诗二十五首”，但实收诗二十九首，原目录亦作“杂译诗二十九首”，故从改，文中二处亦从改。

一、囚人

列忒伐（Litva）民歌

在那绿的绿的树林里，
有一所阴暗的牢狱。
在那牢狱里面，
关着一个小小的小兄弟。
他在那里永不会知道，
冬天来了呢，还是春天？
他又看不见光明的太阳，——
初升的，或是下降的太阳。

我愿将这金环放在墙上，
或者可以在那里做成一个窗门，
或者可以在那里做成一个窗门，
使那兄弟能够看见太阳。
我将放上一片白雪，
使他能够知道冰冻的冬天；
我将在墙上放上许多鲜花，
使他知道夏天已经到了。

这首诗据同勃罗夫斯奇（A. Dombrowski）的世界

语译本，从柴孟诃夫（L. Zamenhof）所编的《模范文选》译出。

二、赤杨树

波兰民歌

“赤杨树，赤杨树！美丽的赤杨树！

你为什么这样悲戚？

莫不是那老而且白的冰冻，使你的汁僵了；还是恶风吹你呢？

或者是那小河，他从你的柔嫩的根上洗去了泥土么？”

赤杨说道：“阿里伽姊，老而且白的冰冻，以及那风与小河，都不伤害着我。

但从远的地方来了鞑靼，折断我的枝条，点起大的火堆；踏倒我的周围的草，那美丽的绿草。

他们生过火的地方，草便永远不生了。

他们骑马走过稻田的时候，稻便都像秋天的残株了。

他们的马徒涉过小河的地方，没有野兽来饮水了。

他们的箭射着的地方，要到坟墓里去了，伤痕才能再愈合。”

据勃兰兑思（G. Brandes）著《波兰十九世纪文学论》中所引。

三、牧歌

波思尼亚民歌

阿！美丽的小姑娘，
你为甚见了我就躲过了呢？
你不要隐藏了你的眼睛；
我还可以认识你，
因了你的绵羊。
你的绵羊是白的，
白地里带记号的。

阿！美丽的小姑娘，
你不要隐藏了你的眼睛；
我还可以认识你，
因了你的小羊。
你的小羊是白的，
白地里带记号的。

阿！美丽的小姑娘，
你不要隐藏了你的眼睛；
我还可以认识你，
因了你白的手巾。
你的白手巾是
用紫线刺绣的。

阿！美丽的小姑娘，
你不要隐藏了你的眼睛；
我还可以认识你，
因了你刺绣的长袍。
你的长袍是刺绣的，
用金扣做装饰。

阿！美丽的小姑娘，
你不要隐藏了你的眼睛；
我还可以认识你，
因了你高的身材，
又细又高，
像一株绿的棕树。

阿！美丽的小姑娘，

你不要隐藏了你的眼睛；

我还可以认识你，

因了你白的面庞，——

你的脸是白的，

白上带红。

我将揭去你的手巾，

对看你的黑的眼睛，

接吻在你白的面庞。

英国摩菲尔（W. R. Morfill）著《古代斯拉夫文学史》第六章引波戈鲁勃（Bogolub）编的《塞尔比亚民歌集》。

四、云雀

捷克（Cech）民歌

一个女孩儿在主人的园里。

拔苎麻里的野草[①]，

一只云雀问她，

【锺校】

①“草”原作“章”。

她为甚这样悲戚呢？

“我怎能高兴呢？
小小的云雀。
他们捉了我的爱人，
到一座石头城里去了。

我若是有一管笔，
我将写一封信，——
你可爱的小云雀，
给我飞着带了去。

我没有纸笔，
不然我将写一封信，
你可爱的小云雀，
给我飞着带了去。

我没有纸笔，
不然我将写一封信。
现在你去，唱歌问讯我的爱人，
告诉他说，我是悲伤死了。”

洛伦支（F. Lorenc）世界语译本，在《模范文选》中无第四节，今据《古代斯拉夫文学史》第八章所引补入。

以下四章（四至七）是“皇后村古写本”的一部分。一八一七年汉凯（Hanka）在皇后村礼拜堂所得，共十二纸，是十三世纪时的抄本。

五、蔷薇

捷克民歌

你蔷薇，你红蔷薇，
你为甚这样早开？
开了，又为甚被霜打呢？
霜打了，又为甚谢呢？
谢了，又为甚落呢？
我夜里坐着——坐了很长久，
我坐到鸡啼了；
我不再能够醒着了；
所有的松明都点尽了。
我睡了：在我的梦里看见，
怎样的从我这可怜的女儿——
从我右手的指上，
金的指环落下了；

宝石失掉了；
我不复寻得那宝石，——
我不复遇见我的爱人。

六、被弃的人

捷克民歌

阿，你树林，你阴沉的树林，
密勒丁地方的树林！
你为甚总是碧绿的，
在冬天或夏天？
我也将喜欢，也不再哭泣，
倘若我的心不苦恼。
但是你们好人们告诉我，
谁不要这样哭泣呢？
我的父亲在哪里呢，我的亲爱的父亲？
埋在地里了。
我的母亲在哪里呢，我的好的母亲？
草长在她的上面了。
我没有兄弟，又没有姊妹，——
他们捉了我的爱人去了。

七、鹧鸪

捷克民歌

大野里有一棵栎树，
栎树上有一只鹧鸪，
他啼叫而且悲叹：
怨春天不常在。
但春天如常在，
田里的谷怎能成熟呢？
夏天如常在，
园里的频果怎能成熟呢？
秋天如常在，
堆里的麦怎能冰冻呢？
女儿如常孤独，
她怎能不悲戚呢？

以上三首据《古代斯拉夫文学史》第八章所引。

八、鹧鸪

英国古代民歌

夏天来了，
鹧鸪，高声的唱呵！

种子出了，原野开花了，
树木发生了，——
鹧鸪唱呵！

羊跟着羔叫，
牛跟着犊叫，
公牛跳跃，公羊奔跑，
鹧鸪，愉快的唱呵！

鹧鸪，鹧鸪，你唱的好：
你莫停住了；
鹧鸪唱呵，鹧鸪！
鹧鸪，鹧鸪，你唱呵！

这一首是十三世纪时的歌，据圭勒高支（A. Queller-Couch）编的奥斯福大学本《英国诗集》所载译出。

勃路克（S. Brooke）著《英国文学史略》第三十三节论抒情诗里曾说：

千三百年顷，我们遇见少数抒情诗，殊多风趣。他们所歌的是春天的物色；树林，其中充满着夜莺画眉的声音；花与太阳，乡村的工作；恋爱的悲欢，与其他愉快的事物。他们都染有法国传奇色彩，然而是英国的背景。这抒情的倾向，始于圣处女与耶稣的颂歌，含着拉丁诺曼恋歌的情绪。这种颂歌在浪游学子的手中，变成了质直的恋爱诗。有许多歌谣起于威尔士沼泽中，多具开尔忒（Celt）民族的感情。有几篇确系英国民歌经人录下的，如《夏天来了》《北风吹呵》皆是；内中都满具对于妇人的爱与对于自然的爱。

九、鹧鸪

英国民歌

鹧鸪是美丽的鸟，
他且飞且唱；
他带来好消息，
他不会说诳；
他吸一切的好花，
使他声音清亮；
他叫道“郭公”的时候，
夏天近来了。

阿，会见虽然欢乐，
离别却是苦恼；
不诚实的情人，

比窃贼更不好。
贼来偷去我的
一切所有的物事；
不诚实的情人，
断送人到坟墓里。

坟墓里容得我住，
将我化成灰尘。
女儿们只莫相信
那不诚实的情人。
他来殷勤的奉承你，
欺侮可怜的女儿；
二十个男子中间，
可相信的没有一人。

你们好女儿，任在哪里住，
都来听我说：
你莫将你的心，
挂在无花果的树上。
他的叶要干枯，
他的根要朽烂，——
唉，我也被人弃舍，

就要憔悴死了。

据贝林戈尔特（S. Baring-Gould）编《英国民歌集》所载。原注云：

此歌通行全国。……寓意有二，一以不实诚的情人比游行的鹧鸪，又以比无花果，因其叶早落云。

十、鹧鸪

贝林戈尔特作

鹧鸪是美丽的鸟，
他且飞且唱；
他带来好消息，
他不会说诳；
他吸一切的好花，
使他声音清亮；
他叫这“郭公”的时候，
夏天近来了。

鹧鸪是轻佻的鸟，
没有别的可以比他；
他在大野上飞舞，

在各树上歌唱。
他永不作窠，
他只是游行像一个流人；
他的声音很悲哀，——郭公——郭公——郭公！——
“我到处没有家！”

鹧鸪是聪明的鸟，
同春天一齐来。
夏日衰退的时候，
他便展开轻巧的翅子。
他逃避将来的冬天，
他恨雨和雪；
我愿像他的唱，——郭公——郭公——郭公，
还同他一齐飞去。

这一首也是《英国民歌集》所载，是编者按了民歌的声调而仿作的。以上三章是前年旧译。

十一、不安的坟墓

英国叙事的民歌

“今天起了风，
又有几点的小雨；
我只有过一个真爱人，
她已睡在冰冷的坟墓里。

我将同世上的少年人一般，
去为我的爱人尽我的心；
我将在她坟上坐了哀悼，
过十二个月零一日。”

十二个月零[1]一日已经过了，
死人开口说道：
“谁坐在我的坟上哭泣，
不给我安睡呢？”

“这是我坐在你的坟上，

【锺校】

①“零”原作“另”，从上文改，下同。

不给你安睡；
因为我愿一亲你土冷的嘴唇，
这是我的唯一的愿心。”

“你愿一亲我土冷的嘴唇；
但是我的呼吸有土气息；
倘若你一亲我土冷的嘴唇，
你的命便不长久。

在那边绿的园里，
我们先前散步的地方，
见过的最美的花，
已经干枯了剩了枝条了。

枝条也干枯了，
我们的心也一样的衰萎了；
你且聊自消遣，
等到神来叫你去罢。”

叙事的民歌（Ballad）的内容，多述故事，且带些神异的色彩，与普通言情的民歌不同。这一篇据主勒高支编的奥斯福大学本《英国叙事的民歌集》卷二所载译出。从前曾用古文译过一遍，附加说明，今抄录于下：

> 俗谓生人过于哀悼，令死者不安。一歌云，有兄见形于其妹，语之曰，汝泪湿吾葬衣，永不干燥，令吾寒冷不得安卧。又有儿乞母勿哭，谓在冥间以一壶贮泪，今量太重，不便挈之与群儿戏云。神怪之事，多以十二月零一日为期，盖由于奇数之神秘，犹中国之言七七四十九日也。

美国庚弥耳（F. B. Gummere）在他的《民歌论》（*The Popular Ballad*）第二章中《挽歌与超自然的民歌》项下说：

> 有三首民歌，其中一首最好，都是说精灵世界与死后鬼魂的行事；还有第四首，虽然残缺了，却仍是所有现在的鬼诗里最有名的一篇。《不安的坟墓》是一首简短却是美丽的诗；它的内容与北欧《亚陀》（*Edda*）里的《海尔该》（*Helgi*）第二诗相似；是在色西克斯（Sussex）地方从口传抄录下来的。

所说的最好的歌是《威廉的鬼》，其馀两首便是《不安的坟墓》与《色勿克的奇迹》，第四首有名的歌是《门子井的妻》。

十二、可爱的威廉的鬼

英国叙事的民歌

寺钟已响了，弥撒已唱了，
人们都已睡在床上了，
在许多悲叹与呻吟里，
山陀斯来到玛格来忒的窗外了。

“你睡了么？玛格来忒，
你还是醒着呢？
给还我我的信誓，
和我给你的那真情。”

“你拿不到你的信誓，
我们的真情也不会分开，
要等到你走进我的房里，
亲我的两颊和下巴。”

“我的嘴是全冷的，玛格来忒，
它现在有了土的气息了；
倘若我亲了你的美妙的嘴，
你的日子便将不久长了。

雄鸡远远的叫了，
这狂野的鸟正在报晓了；
给还我我的信誓，
让我走我的路去罢。”

“你拿不到你的信誓，
我们的真情也不会分开，
要等到你告诉那些难产死的女人们，
她们的情形是怎么。”

“她们的床是设在天上，
在我们和善的主的膝下，
周围都绕着紫罗兰，
那是一群可爱的人们。

雄鸡远远的叫了，
这狂野的鸟正在报晓了；
天上的颂歌将要唱了；
我不久便将隐去了。”

她起来拿了一枝长竿，

将她的誓约摩在上边，
她将这个从窗口给还了她，
在许多悲叹与呻吟里。

“我谢你，玛格来忒，我谢你，
我真心的谢你；
倘若死者为生人而来，
我也将为你而重来。”

只穿着鞋袜和长衫，
她爬过墙头跟着他走，
到了一个绿的树林，
她于是不见了他了。

“你的床头有空地么，山陀斯，
你的脚后有空地么？
或者你的两旁有空地么？
我很愿很愿睡在那里。”

“我的床头没有空地，玛格来忒，
我的脚后也没有空地了；
我的两旁却有空地，

可以容得姑娘们的安睡。

冷的土是我的盖被，
我只有一层的缠布：
我的床是很低的，
我睡在饥饿的虫的队里。

冷的土是我的盖被，
我只有一层的缠布：
露水落下来时，
立即使它湿透了。”

这一篇据美国庚弥耳的《英国叙事的民歌》选本译出，并参照圭勒高支的奥斯福大学本《叙事的民歌集》。

十三、猜谜的武士

英国叙事的民歌

有三个美丽的姊妹，
乾尼福，全忒耳与罗思玛利，
他们都爱一个勇敢的武士，——
正如鸽子在桑树上飞。

大姊请他进来，
用银针闩上了大门。

二姊给他铺被，
将软的枕头放在他的头下。

小妹却打下了主意，
要在今夜嫁与这勇敢的武士。

“倘若你能解答这三个谜，
美丽的姑娘，那么我将娶你。

什么比画角更响呢，
什么是比棘刺更尖利？

什么比铅更重呢，
什么是比面包更好？

什么比路更长呢，
什么是比海更深？”

“羞耻比画角更响，
饥饿比棘刺更尖利。

罪恶比铅更重，
祝福比面包更好。

风比路更长。
恋爱比海更深。”

“你猜中了我的三个问题，
乾尼福，全忒耳与罗思玛利；
那么美丽的姑娘，我将娶你了，
正如鸽子在桑树上飞。”

这篇据圭勒高支编奥斯福本《叙事的民歌集》译出。首尾两节中第二四两行，原是叠句，本无什么意义，中间每节都有，今略。

十四、挽歌

现代希腊民歌

为什么山顶是这样黑？为什么暗云环绕着他？

这是狂风打他么？这是暴雨鞭他么？

也不是狂风打他，也不是暴雨鞭他；

这是大哈罗斯走过，带着死人过去。

少年他赶在前头，老人跟在后边，

柔弱的小儿们排在他的鞍前。[①]

小儿们攀着向他叫喊，老人们叫着向他请求，

“善的哈罗斯，在什么村里停下，停在凉快的水泉边；

在那里让少年们举起石头，让老人们喝点水，

在那里让小儿们去采美丽的花朵。”

“不，我不在什么村里停下，也不停在凉快的水泉边，

恐怕母亲们来汲水，要看见他们的小儿，

恐怕夫妇又要会见，不能再分离了。”

这首歌据英人洛生（Lawson）著《现代希腊民

【锺校】

① 以上五行原未分行，据《希腊的神与英雄》分行。

俗与古代希腊宗教》中所引译出。哈罗斯（Charos）即古神话里的哈隆，是死之主者，率引死人往冥土去。

十五、又

“唉，唉，少年的时光和过去了的日子，

还会偶然的回来么，那些可悼的少年的时光？”

“不呵，只有在乌鸦穿了白的羽衣，乌鸦变了鸽子的时候，

他们总会再回来，那些可悼的少年的时光。”

“呵，与你长别了，高的山顶和多阴的松树；

因为我必须娶亲去了，给我娶一个妻；

黑土我娶来做妻，墓碑是她的母亲，那里的小石子都是她的兄弟和姊妹。”

十六、又

“儿呵，你为甚要去，到幽冥里去，

那里是，没有公鸡啼，没有母鸡叫，那里没有泉水，没有青草生在平原上。

饿了么？在那里没有东西吃；

渴了么？在那里没有东西喝[1]；

你要躺倒休息么？你得不到安眠。

那么停留罢，儿呵，在你自己的家里，停留在你自己的亲人里。”

“不，我不停留了，我的亲爱的父亲和深爱的母亲，

昨天是我的好日，昨晚是我的结婚，

幽冥给我当作丈夫，坟墓做我新的母亲。”

十七、又

我的母亲今天预备做好日，她给我的儿子结婚，

她到泉边去取水，到山上去取雪，

到园里卖果子的女人那里去取频果和榅桲。

她说：“你泉水给我水，你山给我雪，

你园里卖果子的女人，给我频果和榅桲。

因为亲爱的人到我这里来了，从我们上边的世界；

他不是从异乡来，也不是从生人中间来，

【锺校】

①“喝”原作“渴”。

他是我自己的孩子的孩子，最亲爱的而且深爱的。”

以上三首歌表面上虽然不同，——一是老人，二是母亲悼女儿，三是悼儿子的：——但有一个中心思想，便是将死与结婚并在一处。这思想起源于宗教上的神人合一的希望，成为希腊古代秘密宗的奥义，经了新柏拉图派的醇化，愈益高上，流入欧洲造成后来的神秘主义。在现代希腊民间，还是一种活的思想，但是没有抽象的意义，所以仍然沿了古代密宗的譬喻，将死与结婚合成一物，以为现世的死便是彼世的结婚。俗语有一句话，“哀中有喜，乐中有泪”，很能表示出他们对于结婚与死两件事的意见。因为希腊结婚还沿用着三千年前的媒婆制，女人全然是家庭的奴隶，所以下半句是那样的说。

十八、燕子

希腊民歌

燕子又来了，
横过了广阔的海，
她在雨中坐着歌唱：
“阿，三月，我所爱的三月！

你，悲戚的二月，
虽然你还可以用雪封了平原，
但你总当嗅到了春天的香味。”

据法国福列亚（M. Fauriel）编《希腊俗歌集》。

十九、燕子

希腊古代儿歌

她来了，她来了，那燕子！
带来好时节，好年岁！

她的肚子是白的，
她的背是夜一般黑！
从你的富有的家里，
旋转着出来给我们，
馒头，干酪，蒲桃酒；
倘若不是这些，
雀麦粉，大麦饼，
也都是燕子要吃的。

我们可以得到什么呢？还是须得走去呢？
你给了，多谢你；你不给，我们叫你好担受！

我们要拿去你的门户，

也不让你留下门楣！

我们要夺了你的妻离开家和灶；

她是这样的小，

驮她去是很容易呵！

你给什么，请你爽利的给。

起来，听了燕子的呼唤，开你的门呵！

并非庄重的老人，我们却都是愉快的小孩呵！

希腊古代每当春时，小孩们拿着木刻燕子，沿门歌唱，乞得果饵，大家分食。这时所唱的歌名《燕子歌》（*Khelidonisma*），这一首经雅典那思（Athenaeus）书中征引，保存至今。现在据英国西蒙士（J. A. Symonds）著《希腊诗人研究》卷一第十章所引译出。

二十、木燕

法国须华勃原作

小孩，给我们开门！小孩，给我们开门！看这木燕的雏儿呵！她的头是涂红的，她的翅子是蓝的。我们知道活的燕子不是这样的；而且凭了菲罗美拉的名，就是现在还有一只，飞过天空；但我们的是用木头刻成的。小孩，给我们开门，给我们开门，小孩！

我们这里是十个，二十个，三十个人，给你拿了涂画的燕子来报告春天回来了。现在还没有花，你收了这白而红晕的棕榈罢。

我们知道你煮着一个包肚，填满了蜜甜的甜菜；昨天你的奴子买了小栗鼠做蜜煎。你看好了自己的筵席，我们所要是不多的。一点炒熟的壳果，一点炒熟的壳果！小孩，给我们一点壳果，给我们　点壳果，小孩！

燕子的头是同新的曙光一样的红，她的翅子是同新月的大色一样的蓝。你行乐罢！杜廊散给阴凉，树木将在原野上画出他们的影子。我们的燕子预告你蒲桃酒与橄榄油的丰收。倒你去年的油在我们的瓶里，倒酒在我们的壶里；因为——听呵，小孩！——那燕子说她要尝尝呢。倾出你的酒和油给我们的木燕罢！

先前你还幼小的时候，你或者也同我们一样，拿了木燕沿门走过。燕子示意，说她还记得呢。所以请你不要使我们在你门口等候，直到火把都点着了。给我们果子和干酪。倘若你是豪爽，我们将到间壁的家里，那里住着红眉毛的守财奴。燕子将问他要他的兔肉，他的黄包子与烧画眉，我们还要请他投给几片银钱。他将轩起他的眉毛，摇他的头。那时我们将教燕子唱一只歌，你听了要发笑。她将遍城的去唱那红眉毛的守财奴的妻的故事。

须华勃（M. Schwob）一八六八年生，是现代法国的一个有名的文人。所著在小说及文学研究之外，有《拟曲》（*Mimes*）一卷二十一章，一八九四年出版，模仿古希腊拟曲（Mimiamboi）的结构却能得到希腊精神，所以仍是独立的文艺作品。这一篇据英国勒那里（A. Lenalie）译本译出，是原书的第三章。

菲罗美拉（Philomela）在希腊神话中，本是王女，为其姊报仇，触了主神的怒，将她化为燕子，其姊变了夜莺。

二一、风

英国洛绥谛女士作

谁看见过风么?
不是我也不是你。
但是树叶颤动的时候,
我们知道风在那里了。

谁看见过风么?
不是你也不是我。
但是树木点头的时候,
我们知道风正走过了。

二二、秋天

耶戈洛夫原作

多云的秋天!裸体的树林!
因了风喧噪,他好似悼叹,
想念着艳冶的春天,美丽的夏天。……
地面上遮满了污泥。
困倦的蓝的天色都阴沉了,
地上的太阳隐藏在云里;
无人的田野,孤独沉寂,

只有风在上面飞号了。

耶戈洛夫（D. Jegorov）不知道是哪里人，——或者是俄国人，——这一篇原是他用了世界语所作的；载在柴孟诃夫编的《模范文选》里。

二三、我说

凡贝尔格原作

我对着无边的海，
说我心中的大的苦痛，——
他用了轻轻的波声，
很恳切的回答我。

我对着急速的风
说我不能自由的呼吸，——
他即从神异的国土，
送给我新鲜的空气。

我对着绿的树林，
说生活的阴郁的愁苦，——
他即使我熟睡在树阴里，
摇动他的叶与花朵。

我对着热的太阳，
说我只见过阴暗的日子，——
他即大度的送给我，
温暖的明亮的光线。

我对着人间的同伴，
说我悲哀的生活，——
但是他异样的耸他的肩头，
急忙的走去。

凡贝尔格（Vejnberg）也不知道是哪里人，这篇诗经哈勒尔（E. Haller）用世界语译出，载在《模范文选》里。

二四、莫说

俄国那特孙原作

莫说“他死了”，
他还活着哩！
倘若人毁坏了祭坛，——
火总还是烧着；
倘若人摘了蔷薇，——

他还永远的会开；
即使立琴撞碎了，——
和音也还是呜咽的奏着。

那特孙（S. Nadson 1862—1886）多病早卒，又生当亚历山大二世反动的时代，故诗多忧郁的气味。这一篇也在《模范文选》内，沙都诺夫斯奇（S. Shatunovski）世界语译本。

二五、梦想

波兰达尔曼原作

雪风在山坳上，
不断的吹着；
我的炉中的火，
周围毕剥的爆响。

烟都打着圈子，
从烟突里出去。……
我的一切的记忆，
也和他一齐飞去了。

那里是花和希望，

和黄金的少年时呢？
正如吹着的风一般，
他们都已经飞去了！

没有目的的风，没有目的的我，
和你烟，是三个，……
三个世上无目的的，
我们一同飞去罢！

格拉波夫斯奇（A. Grabowski）世界语译本，载在所编《万国文选》中，只注云波兰短歌，无作者名字。《模范文选》里也有这一篇署名达尔曼（P. Dalman）作。二本译文相同，但第三节首句，《模范文选》作"那里是希望"，今依《万国文选》本补足。

二六、诗

印度什勃温尼萨原作

阿，你这闲懒的臂膊，
你不曾拥抱那失却的爱人：
还不如折了罢，
像这样空的冷的，永久的休息着。

阿，你这无用的眼睛，
你长久不见那失却的爱人：
还不如瞎了罢，
像这样空被我徒劳的眼泪所遮住了。

阿，你这愚蠢的春天，
你不带我的爱人到家里来；
少年的朋友都离我去了，
各自出发，上他前定的道路去了。

阿，你这垂谢的蔷薇，
你寂寞的生，也孤独的死了；
我心里的花也落在尘土里，
不得作他头巾上的装饰了。

二七[1]

前人

我不是回教徒，
只是拜偶像的人：

【锺校】

①“二七”原佚，校订者补。

我崇拜她，
我俯伏在我爱人的像前。

我也不是婆罗门，
我弃去我的神圣的线；
围绕着我的颈项的，
我只带着她的一缕编发。

什勃温尼萨（Zeh-un-Nissa 1639—1689）是印度莫卧儿朝的一个公主，曾因事被幽禁了好几年，留下一卷波斯文的诗集，凡四百二十一首。英国《东方的智慧》丛书中有玛干拉耳（Magan Lal）译的诗五十首，今从这书里转译了两篇。

二八、你为甚么爱我？

拉忒伐亚库拉台尔原作

你为甚么爱我——一个狂乱的人呢？我知道那里有蔷薇开着，将他们来装饰你的头发，或者插在你的胸前么？我知道甜美的言语，当你正在梦想的时候，独自来到你的耳边私语么？

我一点都没有：也没有花，也没有抚爱，也

没有接吻。……

你为甚么爱我呢？你正梦见在平静的一角里的旧巢，与安适而充满爱抚的生活，——仿佛沉寂的通黄的秋日一般，徐徐飞过去的生活么？没有，——我是一点都没有！我所知道的，只是大岩深渊中间的道路；我所爱的是暗黑，夜与孤独：我愿永久的游行，我想永久的战争。那战争或迟或早总会将我葬在战死的尸首中间；我会在那里朽腐了，孤独而且被忘却。……那时有谁抚爱你的头，那时有谁对你说爱呢？

你为甚么爱我——一个生病的人呢？你可以往那边去，——那边的世界都开着花，那边的人对于生活都满足，又渴望着爱，摘下花来，唱着歌，——在那边你可以得到你的春天。

拉忒伐（Latva）人是立陶宛的一个分支，住在波罗的海湾的一带，他们的言语也属于斯拉夫系，但因为历史的关系，很受了日耳曼的影响了。这一首由申沙耶夫（A. Sensajev）用世界语译出，载在爱斯普列忒（Aspurit）编的《万国小文选》里。

二九、鹰的羽毛

勃加利亚遏林沛林原作

那时我是一个小孩子。有一天，我在草原上跑过。看见一枝鹰的羽毛。好一枝大而且美的鹰的羽毛！还有谁比我更幸福呢？我将它高高的擎在手中，尽力的跑去；我觉得我仿佛飞着，鹰一般轻捷。

我变成少年了。那时我将羽毛插在帽上做装饰，恋爱着世界上一个最好的女儿。这时候，还有谁比我更幸福呢？

我很穷；除却这鹰的羽毛之外，再没有别的东西：我所爱的女儿变了心了。别人对她说，只有一枝鹰的羽毛的人，不能在世上过什么好生活。她的女性的灵魂很容易的理会了这件事，她便将我弃舍了。

再没有人比我更不幸的了。

我将这鹰的羽毛收藏起来，我的心不许我再

拿着这东西了。我的灵魂里住下了悲哀，我没有方法能够将他赶出。从这时候，我又看出人类的多数都同我一样的受苦，或者还要加多。

人生为甚么这样的悲哀呢？

我于是又拿出我的鹰的羽毛来；但我已经不是小孩，可以拿它玩耍，也不是少年，可以拿来作装饰了。这回我将它削尖了，做成一枝笔。

我想写出愉乐的东西，——但它只有悲哀的涌出。

这一首也在《万国小文选》里，是伊凡诺夫（A. Ivanov）译的。遏林沛林（Elin-Pelin）与亚库拉台尔（S. Akurater）二人的年代事迹，皆无可考。

日本小篇

《古事记》中的恋爱故事

一、女鸟王的恋爱

仁德天皇命他的兄弟隼别王为媒人，求婚于庶妹女鸟王。女鸟王对隼别王说道：

“因为皇后的妒忌，八田少郎女尚且不能相安，我不愿意去。倒[1]还是做你的妻罢。”

于是他们便同居了。隼别王不复去复奏，天皇乃临幸女鸟王的家，立在御殿的门槛上。其时女鸟王正在机织，天皇作歌云：

“吾女鸟之王，
所手织的
是给谁穿的衣服？”

【锺校】

①“倒”原作“到”。

女鸟王答歌云：

“这是那高飞的
隼别王的
外套的衣料。”

天皇了解他们的事情，随即还宫去了。不及隼别王回来，女鸟王作歌讽他道：

“云雀呢，
他能飞翔天际；
你高飞的
隼别王呵，
为甚不扑杀那鷦鹩。”

（案仁德天皇名大鷦鹩命，此处隼与鷦鹩意义均双关。）

天皇闻歌，即派兵去杀他们。隼别王与女鸟王一同逃走，登仓桥山。隼别王作歌云：

“竖着梯似的
仓桥山上，
何其险峻呀，
可怜的妻不能攀住岩石，
只挽住我的手。”

又歌曰：

“竖着梯似的

仓桥山上
虽是险峻，
与吾妻同登，
更不觉什么险峻了。”

二人从仓桥山逃到宇陀的苏迩地方，官兵已追及，遂均为所杀。

官兵的将官山部大楯连捋取女鸟王腕上所带的玉钏，给了他自己的妻。后来有一回，宫中宴会的时候，臣下各族的妻女都入朝，大楯连的妻便带了女鸟王①的玉钏也去与会。皇后岩野姬亲自拿了盛酒的柏叶，赐酒给诸族的妻女，见了玉钏有点认识，便不赐酒给她，即引退，召大楯连来，责他道：

“女鸟王他们因为无礼，所以被诛，也是当然的事。你这厮，怎把女王所带的玉钏在肌肤未寒的时候夺了过来，给与自己的妻呢。”

于是便命将大楯连处了死刑。

二、轻太子的恋爱

允恭天皇崩后，木梨之轻太子当即帝位。在未即

【锺校】

① “女鸟王”原作“女王”。

位之前，太子与其同母妹轻大郎女通，有歌云：

“婉蜒的山脚下，
种了山田；
地下埋管，
引水灌田；
偷偷地偷访的
我的妹子，
低低地隐泣的
我的妻呵，
到了今日，
才得安心的相会。”

这就是所谓后举歌也。又歌曰：

“打在竹叶上的
阵阵的霰声呵，
亲亲密密地
这样睡了以后，
那管人家的闲话。”

“同了可爱的
睡了睡了以后，
像割下的蒲草似的
心要乱就尽乱罢，
睡了睡了以后。”

这就是夷调的上歌也。

因为这件事情，百官及天下人民悉背轻太子，归附他的兄弟穴穗王子了。于是轻太子恐惧，逃到大前小前宿祢大臣的家里去，作兵器备战。（此王子所作的箭以铜为镞，称曰轻箭。）穴穗王子亦作兵器（此王子所作以铁为镞，如今日所用，称曰穴穗箭），起兵围攻大前小前宿祢之家，将到宿祢门前时，天大雨雹，穴穗王子乃作歌曰：

“大前小前宿祢的
铁门的前面，
像我这样的，
攻上前来，
雨也就将住了。”

大前小前宿祢两人举手打膝，且舞且歌而出来，其歌曰：

“宫人的脚带上的
小铃落地了，
宫人们不用闹，
里人们也不必扰。”

这就是所谓宫人调也。这样歌着，二人到穴穗王子前来，说道：

“请王子不要进攻皇兄。倘若进攻，将为人所笑。

我们当捉了轻太子来献。”

穴穗王子乃解围，引兵而退，大前小前宿祢果捕轻太子来献。太子被捕作歌曰：

“飘飘飞空的
轻女郎，
哭的响时人家会知道，
哭时便低低地哭
像那羽狭山的鸽子。”

又歌曰：

“飘飘飞空的
轻女郎，
别给人看见泪容，
躲躲藏藏的走来罢。”

轻太子遂被流放于伊余之汤的地方。流放之前，太子作歌曰：

“高飞的鸟
当作我的使者罢；
听见鹤鸣时
且问我的消息如何。”

以上三首均称天田调也。太子又歌曰：

“把我太子之身
流放到海岛，

我即将乘船归来，

愿为我爱惜我的坐席。

“说是坐席，

却是说我的妻呵，

愿我的妻善爱惜。”

这就是所谓夷调之片下也。衣通姬[1]（案即是轻大郎女，上文曾云：“轻大郎女亦名衣通姬，因绝美，身有光辉透衣而出也。”）亦以歌献太子，其词曰：

“海滨的夏草

相并的卧着，

不要踏着蛎壳，

伤了你的脚，

要仔细的拨草去走。”

后来因不胜恋慕，轻大郎女也奔往伊余，其时作歌曰：

“自君之出矣，

岁月已久长。

观彼接骨木，

叶叶自相当。

【锺校】

①“衣通姬”原作“衣通王”，据下文改。

不复能久待，
依自去迎将。”

她到伊余时，太子感怀作歌，词曰：

“郁葱的初濑之山，
大峡里张了素幕，
小峡里张了素幕，
我们的墓地也已定了，
啊啊我的可爱的妻。
“檀弓，放下了
便自放着罢；
梓弓，立起来
便自立着罢。
我都不再把握了，
如今乃得把握了，
我的可爱的妻的手。”

又歌曰：

“郁葱的长谷之川，
在上流，打上了清净的木桩，
在下流，打上了坚固的木桩；
清净的桩上挂了明镜，
坚固的桩上挂了白玉。
白玉似的我的妹，

明镜似的我的妻，
今既在此地，
还归什么家，
怀什么故乡！”

这样作歌之后，不久二人同时自杀了。这两首歌都是读歌。

【附记】 以上所译两篇并在《古事记》下卷，照年月推算，女鸟王的事发生于三五二年（晋永和八年），轻太子的事发生于四五四年（宋孝建元年）。这或系当时事实，但我们现在所念到的只是经过了诗人的空想的传说，不是史实。这两件事就是在上代人的心目中也是有点违反道德的，女鸟王的谋杀天皇与轻兄妹的恋爱都得到悲剧的结局正是当然，但热烈迫切的恋爱引起深厚的同情，所以传述中加入了许多美妙的诗歌，给这些殉情的男女做华鬘载上。（歌后注明这是什么歌的起源，可见这故事诗歌在民间的流行与影响。）虽然日本的古史传说中多加入诗歌，本是常事，但没有这样的多而且好，据和辻哲郎在《日本古代文化》中说，这两篇故事是《古事记》里的杰作，而轻兄妹故事中的几首情歌又是全书里的最优美的诗篇。中国《诗经》中也有恋爱的诗，但殊少奔放一点的，大抵是压在家族制度底下的呻吟声，像这种“死之胜利”的情歌绝难听到，无论是好是坏，总之这是中日两国的很不相同之一点。

《古事记》是日本最古的书，系安万侣奉诏编纂，记述稗田阿礼所暗诵的传说旧词而成，共分三卷，记天地开辟以至推古天皇时代，后世称为神典，比于基督教的圣经。书成于元明天皇和铜五年（七一二年，唐睿宗末年），当时日本尚未有和文字母，故用汉字纪录，音训夹杂，甚难诵读，安万侣《上古事记表》（原系骈文）中说明记述的困难并采用这种方法的缘由云：

> ……然上古之时，言意并朴，敷文构句，于字即难：已因训述者词不逮心，全以音连者事趣更长。是以今或一句之中交用音训，或一事之内全以训录。

十八世纪后日本国学勃兴，本居宣长就原文加以和训，为《古事记传》四十九卷，于是此书才略可解，今所译参考诸说，大旨仍以本居本为据。

上边所说这两篇故事——特别是那些诗歌怎么样优美，只是说它的原文，我这译本里当然不大看得出了。诗歌尤其译得不成样子，只留存大意而已。有一首偶然写得近于古文，也就不再改了，虽然或者不很调和。

十四年一月四日译了记。

一茶的俳句[①]

一

日本的俳句，原是不可译的诗，一茶的俳句却尤为不可译。俳句是一种十七音的短诗，描写情景，以暗示为主，所以简洁含蓄，意在言外，若经翻译直说，便不免将它主要的特色有所毁损了。一茶的句子，更是特别：他因为特殊景况的关系，造成一种乖张而且慈悲的性格；他的诗脱离了松尾芭蕉的闲寂的禅味，几乎又回到松永贞德的诙谐与洒落（Share 即文字的游戏）去了。但在根本上却有一个异点：便是他的俳谐是人情的，他的冷笑里含着热泪，他的对于强大的反抗与对于弱小的同情，都是出于一本的。他

【锺校】

① 原题“一茶的诗”，从目录改。

不像芭蕉派的闲寂，然而贞德派的诙谐里面也没有他的情热。一茶在日本俳诗人中，几乎是空前而且绝后，所以有人称他作俳句界的彗星，忽然而来，又忽然而去，望不见他的踪影了。我们要译这一个奇人的诗，当然是极难而近于不可能的。但为绍介这诗人起见，所以不惜冒了困难与失败，姑且尝试一回；倘因了原诗的本质的美，能够保存几分趣味，便是我最大的愿望了。

一茶（lssa）姓小林，名弥太郎，日本信州柏原驿人，本是农家子。三岁的时候，他的母亲死了，他便跟着祖母过活。他的俳文集《俺的春天》（Oraga Haru）里，有这一节文章：

> 被小孩们歌唱说："没有母亲的小孩，随处可以看出来：衔着指头，站在大门口！"我觉得非常胆怯，不大去和人们接近，只是躲在后面园地里叠着的柴草堆下，过那长的日子。虽然是自己的事情，也觉得很是可哀。
>
> 〔一〕和我来游戏罢，没有母亲的雀儿！
>
> （六岁时作）

后来继母来了！这时一茶正八岁。当初感情还好，过了两年，他的异母弟专六生了之后，待遇便大不如前了。他的笔记断片里说：

春天去后，帮助耕作，昼间终日摘菜刈草，或是牵马，夜间也终宵借了窗下的月光，编草鞋和马的足套，更没有用功的馀暇。

他的诗中有许多咏继子的句，今举其一。

〔二〕继子呵，乘凉时候的执事是敲稻草。

十四岁时，祖母去世，一茶更没有保护了；他的父亲看不过去，但也没有法，只得叫他往江户去寻机会，放他一条生路。十年之后，他成了一个芭蕉宗的葛饰派的俳人，出现于世。但是他的才气，不是什么宗派可以拘束得住的，所以过了五年，他又脱离师门，改称俳谐寺一茶，从此自在游行，他的特色得以发挥出来了。他的父亲病重，一茶急忙回去，在外已经有十五年。父亲死后，遗嘱将一所住屋，几亩田地，给两个儿子平分，但是继母和专六不肯照办，一茶于是再到江户，过那飘流的生活。以后回去一次，又被继母等所拒，他愤然的连草鞋的带都不曾解，又上京来。他的句集里有这两句诗，可以知道他的心情。

〔三〕故乡呵，触着碰着都是荆棘的花。

〔四〕在故乡连苍蝇也都螫人呵！

一茶为了析产的事，第三次回乡去，当初继母等仍然不理，他说要去控告了，这才解决了结，他的父亲这时已经死了十二年，他自己也五十岁了。一茶虽然先前对于故乡说了多少恶口，但住下之后，却又生出爱着来。

〔五〕春风呵，虽然草长的深，还是故乡呵！

〔六〕嚄，这是我终老的住家么？——雪五尺！

一茶定居之后，这才结婚。他的《七番日记》里说：

“四月十一日晴，妻来。”

“十三日雨，大家来贺喜。收百六文。”

百六文当是贺礼的钱数；贺喜照俗礼便是水祝，新婚后，亲友共携酒食来会，以水沃新郎，因有此称。诗云：

〔七〕莫让他逃阿，被水祝的五十的新郎。

妻名菊女，共居八年，生四男一女，皆早夭。菊女死后，续娶武家之女，名雪女，嫌一茶穷老，居二月馀即离婚。次娶八百女，三年而一茶卒，遗[1]腹生一女，一茶的血统得以继续至今。一茶天性爱怜弱小，对于自己的儿女，自然爱着更深了，但不幸都早

【鄢校】

①“遗”原作“遣”。

夭折；我们读他俳文集与句集，交互的见到他对于儿女的真挚的爱抚与哀恸，不禁为之释卷叹息。他真是不幸的“子烦恼”的诗人！

在去年五月所生的女儿的面前，放了一人份的杂煮①的膳台。（文政二年正月一日）

〔八〕②笑罢爬罢，二岁了呵，从今朝为始！

〔九〕一面哺乳，数着跳蚤的痕迹。

原题祝小儿的前途

〔十〕可喜呀，吊钟似的③新穿的袷衣。

她遂于六月二十一日与蕣花同谢。母亲抱着死儿的面庞，荷荷的大哭，这也是当然了。虽然明知道到了此刻，逝水不归，落花不再返枝，但无论怎么达观，终于难以断念的，这正是恩爱的羁绊。句云：

【原注】

① 杂煮是年糕和紫菜等同煮，元旦所吃的食物。

③ Tentsuruten 系俗语形容衣服短貌，惜无适当的译语。这句实在是一茶特有的好句，运用俗语，意带诙谐，而爱怜小儿之意也很明了。原意说祝小儿长大，新穿袷衣也觉得很短，是极可喜的事。译句却十分枯窘了。

【锺校】

②〔八〕依前文〔一〕之例移于“句”前，以下均同，不一一出注。

〔十一〕露水的世，虽然是露水的世，虽然是如此。

此节见《俺的春天》内，现在录其一段。上文所说小儿，皆指一茶的女儿聪女。一茶是净土宗的信徒，但他仍是不能忘情，“露水的世”一句，真是他从心底里出来，令人感动的杰作。下一句也见于《俺的春天》中。

原题聪女三十五日墓参

〔十二〕秋风呵，撕剩的红花，拿来作供。[1]

菊女死后，留下两岁的孤儿金三郎，寄养在邻村的农家，却将水当乳给他喝，半年之后，随即死了。一茶的集里，有这几句，为他们作纪念。

原题亡妻新盆[2]

〔十三〕遗爱[3]之儿呵，“母亲来了！”拍他的手。

【原注】

① 末四字原本所无，因意思不足，所以添上了。

② 盂兰盆之略，即中元。旧俗以是日迎鬼设祭，所以小儿说“母亲来了”，拍手礼拜，与中国拜法略异。

③ Katami（形见），是人死后留给生人做记念之物。又临别贻留，亦称形见，此处是第一义。

〔十四〕瞿麦呵，地藏菩萨的前前后后。[1]

妻死了，又为子所弃，还没有工夫消散悲叹之情，岁又暮了。这真是婆娑的事情的烦腻呵！

〔十五〕作弥陀佛的土仪，又拾了一岁！

一茶于是也老了。他的住屋又遭火灾。只剩下一间土藏，他便在这里面卧起。过了半年，舍弃此世，到安养世界去了，年六十五（1763—1827）。

二

以下所述，是日本沼波琼音的一篇文章，原载在《俳谐寺一茶》的附录里的。我因为他说一茶的特色，颇为简明，便也译出。虽然间有增添的处所，但都别作一节，不与原文相杂，起首又用一案字，一见可以了然。

一茶作诗的时候，并不想着要作好句，而且也并不想着作句，却只是謦欬悉是俳谐罢了。他的最随便的，说出便算的句子，从他的“发句帐”上看来，也

【原注】

① 这是悼金三郎之句。地藏菩萨依本愿经说，救苦拔罪，有不可思议愿力，日本多刻石置冢墓间，为亡人资冥福。中国此风已替，只将他当作地神了。

经过非常的推敲，好像是讲技巧，但这实在只是苦心计画怎么能够表现自己的所感，并不见什么藻饰的地方。矢野龙溪说，文章之上乘者，是“以金刚宝石为内容，以无色透明的水晶纸包之”。一茶的诗便是这样，在句与想之间没有一点阻隔，仿佛能够完全透明的看见一茶这个人的衷心了。在我的意见，像一茶那样多作的人，再也没有罢。读这许多俳句和他的日记，觉得他浑身都透视了。

一茶将动物植物，此外的无生物，森罗万象，都当作自己的朋友。但又不是平常的所谓以风月为友，他是以万物为人，一切都是亲友的意思。他以森罗万象为友，一切以人类待遇他们。他并不见有一毫假托，似乎实在是这样的信念：

〔十六〕初出现的萤火，为甚回转了？这是俺呢！

〔十七〕足下也进江户去的么？杜鹃呵！

〔十八〕萍花开了守候着，草庵的前面。

〔十九〕闲古鸟[①]叫了，说不要从马上掉了下来！

【原注】

① 鹧鸪之类。

〔二十〕我和你是前世的中表兄弟么？闲古鸟！

〔二一〕明月呵，今天你也是贵忙！

〔二二〕早晴的时候，毕毕剥剥的炭的高兴呵！

他将木炭等类都当人看。其馀跳蚤蚱蜢等小虫，也当真的认作自己的朋友，咏到诗里去。

一茶对于昆虫类，也倾注热烈的同情：

〔二三〕不要打哪，苍蝇搓他的手，搓他的脚呢！

〔二四〕跳蚤们，可不觉得夜长么？岑寂么？

案，这一类的佳句甚多，现在增录几首：

〔二五〕小雀儿，回避罢，回避罢！马来了呵！

〔二六〕女儿看呵，正在被卖身去的萤火！[①]

题六道图之一——地狱。

〔二七〕黄昏的月，——锅子里啼着的田螺。

〔二八〕鱼儿们呵，也不知是桶里，门口的

【原注】

① 日本夏天有卖萤者，富人得之放庭园中，或盛以纱囊悬室内，以为娱乐。

纳凉。

〔二九〕春雨来了，吃剩的鸭呷呷的叫着。

捉到一个虱子，掐死他固然可怜，要弃在门外，任他绝食，也觉得不忍；忽然的想到我佛从前给与鬼子母的东西。①

〔三十〕虱子呵，放在和我的味道一样的石榴上爬着。

在他的句集里，咏跳蚤的句子很多，而且并不嫌憎它们。他诗里说冬天还有跳蚤出来，他的住家的景况，就很可以想见了。在许多句子里，仿佛他是和跳蚤一同游嬉着似的。

〔三一〕要转侧了呵，你回避罢，蚱蜢！

〔三二〕蜗牛，——破坏了墙壁，给他游嬉。

后一句所说，与良宽上人因为竹从坐席下生长起②来，便即破坏地板，除去屋瓦，以免妨碍它的发育自由，正是同一趣向。在《七番日记》里，又写着这样的

【原注】

① 日本传说，佛降伏鬼子母神，给与石榴实食之，以代人肉，因榴实味酸甜似人肉云。据《鬼子母经》说，她后来成了生育之神，然则这石榴大约只是多子的象征罢了。

【鄢校】

② “起”原作“生”，据《小说月报》改。

事。有一天暴雨之后，一茶在乡间泥泞的狭路上行走，对面有三四匹马背了稻走来。领头的一匹，便即避道，走下泥泞里去。后面的马也跟着走去。这时一茶自己只拿着一个头陀袋，马却背着重荷，叫它们让路，实在非常抱歉；马的心里想必以为这是强横的人罢；“觉得太可怜了，立在堤上，暂时目送其去”，在日记上记着。马是畜生，人是万物之灵，这种思想，在一茶是没有的。

一茶将自然看得与自己极近。譬如写天地，中间并没有阻隔的东西，好像是写房内情景的模样，看得非常相近。如说将自然看得狭，未免很有语病，或者不如说亲密的看自然，较为适当。

〔三三〕云散了，光滑滑的月夜呵！

〔三四〕剖苇呵，天空角落的筑波山！

〔三五〕在红的树叶上，摊着的寒气呵！

他将月夜看作和尚头一般，筑波山仿佛是放在墙角，寒气说得似乎是晒着的棉被；但是诗趣一样的明白的现出。

一茶所作，颇多恬淡洒脱的句，但其中含有现今的所谓“生之悲哀”。读他的时候，引起的感觉，与读普通厌世的文章的时候不同。

〔三六〕黄昏的樱花，今天也已经变作往

昔了。

〔三七〕这样的活着，也是不思议呵！花的阴里。

一茶的欲望很小。仿佛秋雨时候，只望什么人送牡丹饼来，就满足了。晚年他在烧剩的土藏里过日子。被人欺侮，财产都夺了去，他虽然也愤慨，但是随即忘怀了。

我的朋友有一个河野理学士，是颇妙的人，有一回同乘电车，他玩笑的说，有美的女人坐着就好，但是上去看时，车中都是污秽的工人和老人，接连的坐着。河野君皱了眉说："这电车是灰色的。"但在灰色里，也有它的趣味。这灰色的趣味，在一茶诗里，很是分明。

〔三八〕萍花的来呀来呀的[1]，老头儿的茶摊。

〔三九〕老婆婆喝酒去的月夜呵！

〔四十〕砰訇哗喇的[2]，知道是老婆子的砧声。

【原注】

① 此言萍花因风动摇，如人招手，为老人招客。

② Dotabata 形容胡乱敲击的响声，东京俗语。

〔四一〕深川呵，经过了霜似的看门的人！

这样的句子，与蕉风（即芭蕉派）的所谓寂，又迥乎不同。如萍花这一句，差不多将一茶的心，画一般的描出来了。

案，下列几首，也是同类趣味的诗：

原题堂前乞食

〔四二〕给一文钱，打一下钲的寒冷呵！

原题桥上乞食

〔四三〕将母亲当作除霜的屏风，睡着的小孩！

〔四四〕沙弥尼，已将鬼灯①种下了等着。

原题商万钱日有苦，商一钱日有乐。

〔四五〕吹着笛子，大除夕的饧糖的鸟。②

原题住吉③。

〔四六〕唐人④也看呵，插秧的笛子和大鼓！

原题粒粒皆辛苦。

【原注】

① 鬼灯即酸浆，妇女子取其实，将核挤去但剩空壳，纳口中以齿微啮，令空气出入作声，用作玩具。

② 此言卖饧者吹笛游行，虽除夕犹自怡然。

③ 地名。

④ 唐人为中国人之古称。

〔四七〕是罪过呵，午睡了听着的插秧歌！

〔四八〕恭喜也是中通的罢了，俺的春天。

一茶对于遇见老或贫穷或不幸的事，非常的慨叹，但一面也有以为有趣的态度。遇了火灾，只剩下一间土藏，当作住宅，在这悲苦的时期，他还这样说：

〔四九〕火烧场呵，跳蚤们哄哄的喧扰着。

在《七番日记》里，很叹息齿牙脱落，但他做这样的狂歌[1]：

牙齿脱了，皈依你时也是阿无阿弥陀，
阿无阿弥陀佛，阿无阿弥陀佛呀！[2]

一茶的诗，叙景叙情各方面都有，庄严的句，滑稽的句，这样那样，差不多是千变万化，但在这许多诗的无论那一句里，即使说着阳气的事，底里也含着深的悲哀。这个潜伏的悲哀，很可玩味。如不能感到这个，便不能说真已赏识了一茶的诗的真味。

【锺校】

① 下面的狂歌虽不是俳句，但也是一茶的诗，所以应该是第〔五十〕首了。

【原注】

② 狂歌即诙谐的短歌，专以双关巧合取胜。此歌意不甚了，仿佛是说齿缺则南无只能念作阿无。

将一茶的句，单看作滑稽飘逸的人，是不曾知道一茶的人。

一九二一年七月二十五日，于北京西山。

啄木的短歌

石川啄木（1885—1912）本名一，初在乡间当小学教师，月薪仅八元，常苦不足，流转各地为新闻记者，后至东京，与森鸥外、与谢野宽诸人相识，在杂志《昴》的上面发表诗歌小说，稍稍为有识者所知。但是生活仍然非常窘苦，夫妻均患肺病，母亦老病，不特没有医药之资，还至于时常断炊。他的友人土岐哀果给他编歌集《悲哀的玩具》，售得二十元，他才得买他平日所想服用的一种补剂，但半月之内他终于死了，补剂还剩下了半瓶。他死时年二十七，妻节子也于一年后死去了。他的著作经友人土岐、金田一等搜集，编为《啄木全集》，分小说诗歌及书简感想等三卷，于一九二〇年出版完成。

啄木的著作里边，小说诗歌都有价值，但是最有价值的还要算是他的短歌。他的歌是所谓生活之歌，不但是内容上注重实生活的表现，脱去旧例的束缚，便是在形式上也起了革命，运用俗语，改变行款，都是平常的新歌人所不敢做的。他在一九一〇年末所做的一篇杂感里，对于这问题说得很清楚。而且他晚年的社会思想也明白的表示出来了。

我一只胳膊靠在书桌上，吸着纸烟，一面将我的写字疲倦了的眼睛休息在摆钟的指针上面。我于是想着这样的事情。——凡一切的事物，倘若在我们感到有什么不便的时候，我们对于这些不便的地方可以不客气的去改变它。而且这样的做正是当然的：我们并不为别人的缘故而生活着，我们乃是为了自己的缘故而生活着的。譬如在短歌里，也是如此。我们对于将一首歌写作一行的办法，已经觉得不便，或者不自然了：那么这便可以依了各首歌的调子，将这首歌写作两行，那首歌写作三行，就是了。即使有人要说，这样的办反要将歌的那调子破坏了，但是以前的调子，他本身如既然和我们的感情并不能翕然相合，那么我们当然可以不要什么客气了。倘若三十一字这个限制有点不便，大可以尽量的去做“增字”的歌。（案日本短歌定例三十一音，例外增加字数通称“字馀”。）至于歌的内容，也不必去听那些任意的拘束，说这不像是歌，或者说这不成为歌；可以别无限制，只管自由的歌出来就好了。只要能够做到这样，如果人们怀着爱惜那在忙碌的生活之中，浮到心头又复随即消去的刹那刹那的感觉之心，在这期间歌这东西是不会灭亡的。即使现在的三十一字变成了四十一字，变成了五十一字，总之歌这东西是不会灭亡的。我们因了这个，也就能够使那爱惜刹那刹那的生命之心得到满足了。

我这样想着，在那秒针正走了一圈的期间，凝然的坐着；我于是觉得我的心渐渐的阴暗起来了。——我所感到不便的，不仅是将一首歌写作一行这一件事情。但是我在现今能够如意的改革，可以如意的改革的，不过是这桌上的摆钟石砚墨水瓶的位置，以及歌的行款之类罢了。说起来，原是无可无不可的那些事情罢了。此外真是使我感到不便，感到苦痛的种种的东西，我岂不是连一个指头都不能触它一下么？不但如此，除却对了它们忍从屈服，继续的过那悲惨的二重生活以外，岂不是更没有别的生于此世的方法么？我自己也用了种种的话对于自己试为辩解，但是我的生活总是现在的家族制度、阶级制度、资本制度、知识卖买制度的牺牲。

我转过眼睛来，看见像死人似的被抛在席上
的一个木偶。歌也是我的“悲哀的玩具”罢了。

啄木的新式的短歌，收在《悲哀的玩具》和《一握的沙》两卷集子里，现在全集第二卷的一部分。《悲哀的玩具》里的歌是他病中所作，尤为我所喜欢，所以译出的以这一卷里的为多，但也不一一注明出处了。啄木的歌原本虽然很好，但是翻译出来便不行了，现在从译稿中选录一半，以见一斑①。用了简炼含蓄的字句暗示一种情景，确是日本诗歌的特色，为别国所不能及的。啄木也曾说，“我们有所谓歌的这一种诗形，实在是日本人所有的绝少的幸福之一”，我想这并不是夸语，但因此却使翻译更觉为难了。

一

忽然的想坐火车了，
下了火车
却是没有去处。

【锺校】

①“一斑”原作“一班”。

二

来到镜店的前面，
突然的出惊了，
怎么寒伧[1]地走着的一个人呵。

三

走上高山的顶上，
对了什么人挥我的帽子，
又即走下来了。

四

在什么地方轻轻的有虫啼着似的
百无聊赖的心情
今天又感到了。

五

那个人家的那个窗下罢，
春天的夜里。

【锺校】
①“寒伧”原作“寒蠢”，据《石川啄木诗歌集》P. 13 改。

和秀子同听过蛙声。

六

y 字的记号
旧日记里处处见到——
y 字可就是那人了。

七

搬家的早晨落在脚边的
女人的照相，
忘记了的照相呵！

八

八年前的
现在的我的妻的信束——
觉得挂念了。

九

连名字都将忘记了的时候，
飘然的来到故乡的
咳嗽着的男子。

十

病着了，心也弱了罢，
种种要哭的事情
都聚到心头来了。

十一

诃斥小孩，可哀呵这个心，
妻呵，不要以为
只是热重的时候的脾气呵。

十二

友人和妻也似乎觉得悲哀罢，——
病着了，却还是
革命的话不绝于口。

十三

病了四个月，
那些时时变换的
药的味道也就觉得可念了。

十四

运命来了坐着么，
几乎这样猜疑了，——
棉被沉重的夜半的醒时。

十五

养了一只猫的时候，
那猫又将成为争闹的种子的
悲哀的我的家。

十六

悲哀的是我的父亲！
今天又看厌了新闻，
在院子里同蚁子游玩了。

十七

连茶都戒绝了
祈祷我的病愈的
我的母亲今天又为了什么发怒了。

肯放我一个到公寓里去么！
今天又几乎
要说出来了。

十九

说是许多农民都节酒了。
再窘下去，
将节什么呢。

二十

“这个，看哪，
那个人也生了儿子了。”
仿佛安心了似的睡下了。

二十一

不知怎的
总觉得自己是虚伪的块似的，
将眼睛闭着了。

诗三十首[①]

今年春间卧病，偶看日本诗，译出若干首，近时到西山转地疗养，始能整理录出，并加入旧译数则，共十三人，诗三十首。这并不是正式的选粹，只是随意抄译；有许多好诗因为译语不惬意，不能收入，所以仍旧题作杂译诗。

一九二一年八月二十日记。

石川啄木　五首

Ishikawa Takuboku 1885—1912

一、无结果的议论之后

我们的且读书且议论，

【锺校】

① 原题“杂译日本诗三十首”，从目录改。

我们的眼睛的辉煌，
不亚于五十年前的俄国的青年。
我们议论应该做的什么事。
但是没有一个人用拳击桌，
叫道“到民间去！”[1]

我们知道我们所求的是什么，
也知道民众所求的是什么，
而且知道我们应该做的什么事。
我们实在比五十年前的俄国青年知道的更多了。
但是没有一个人用拳击桌，
叫道“到民间去！”

聚集在此地的都是青年，
常在世上创造出一切新的事物的青年。
我们知道老人不久死了，我们终是得胜的了。
看呵，看我们的眼睛的辉煌，我们的议论的

【原注】

① 此句原本用俄文原语“VNarod”。

激烈呵！

但是没有一个人用拳击桌，
叫道“到民间去！”

呵，蜡烛已经换了三遍了，
饮料的杯里浮着小飞虫的死尸了。
少年女子的热心虽然没有改变，
她的眼里显出无结果的议论之后的疲倦了。
但是没有一个人用拳击桌，
叫道“到民间去！”

二、科科[①]的一瓢

我知道了，恐怖家[②]的心，悲哀的心，——
言语与行为不易分离的唯一的心，
想用了行为替代被夺的言语来表示意思的心，
将我和我身去投掷敌人的心，

【锤校】

①“科科”今称“可可”。

【原注】

② 恐怖家原语系 Terrorist。

但这又是真挚的热心的人所常有的悲哀。

无结果的议论之后，
喝着冷的科科的一瓢，
尝了那微苦的味，
我知道了，恐怖家的，
那悲哀的，悲哀的心。

三、激论

我不能忘记那夜的激论，——
关于新社会里“权力”的处置，
我和同志的一人，少年经济学者N君的中间
无端地惹起的那继续五时间的激论。

“你所说的完全是煽动家的话！”
他终于这样说；
他的声音几乎是咆哮了。
倘若没有桌子在这中间，
恐怕他的手已经打在我的头上了。
我看见了他浅黑的大的脸上，
涨满了男子的怒色了。

五月的夜，已经是一点钟了。
有人起立，打开了窗门的时候，
N 和我中间的烛火动摇了几回。
病后的，愉快的微热的我的颊上，
感到带雨的夜风的爽快。

但是我也不能忘记那夜的
在我们会里唯一的妇人 K 君的柔美的手上的指环。
她去掠上那垂发的时候，
或是剪去烛心的时候，
它在我的眼前闪烁了几回。
这实在是 N 所赠的订婚的指环。
但在那夜我们议论的中间
她当初便是我的与党。

四、旧的提包

我的朋友打开了旧的提包，
在微暗的烛光散乱着的地板上，
取出种种的书册：
这都是这国里所禁的东西。

我的朋友随后寻到了一张的照片，
“这就是了！”放在我的手里，
他又静静的靠着窗吹起口笛来了。
这正是并不怎么美的一个少女的照片。

五、飞机

看呵，今日那苍空上，
飞机又高高的飞着了。

一个当听差的少年，
过着偶然不是当值的礼拜日，
坐在家里和他肺病的母亲只有两个人，
独自专心的独学英文读本的那眼睛的疲倦呵。

看呵，今日那苍空上，
飞机又高高的飞着了。

与谢野晶子　一首

Yosauo Akiko 1878—

六、野草

野草真聪明呵，

在城里野里，留下了人的走路，
青青的生着。

野草真公正呵，
什么洼地都填平了，
青青的生着。

野草真有情呵，
载了一切的兽蹄鸟迹
青青的生着。

野草真可尊呵，
不论雨天晴天，总微笑着，
青青的生着。

千家元麿六首

Senke Motomaro 1886—

七、苍蝇

土车夫拉了满装秽土的车，
土车夫的老婆在后面推着，
像男人一样的穿着小衫单裤，着了草鞋。

然而终是女人，——头发用了手巾包着。

倦了的时候她离开车子，深深的叹一口气，

拿着手巾想擦流汗的脸，

许多苍蝇，云一般的飞起。

我见了，我便生了气，

聚集在死体的苍蝇是最可恶的东西。

但是土车夫对于这些苍蝇，却毫不为意，

仍然跟着车子走去。

苍蝇也拼命的跟着车子飞去，

像嘲弄乞丐的小孩们一样，像云一样，嗡嗡的叫着追去。

这样的人是到天国去的，

即使我们下了地狱。

八、军队

我在街上遇见路旁走过的军队，

从练兵场回来的一小队的兵。

也不吹喇叭，也不齐步伐，

他们只是默默的，拖着沉重的脚步过去了。

我看见他们太阳晒黑的脸的中间，一齐望着我的许多发光的眼睛，

我很知道它们流汗的充血的小眼睛里所说的

许多话。

他们要想说的话，怎样的多呵！

他们都有一样的好体格，

可是其中还包藏着小孩一般的希望。

汗和尘土污染了的黄衣服的底下，

都隐藏着草根一样的白的肉体。

他们是他们母亲的人。

除去了他们的母亲，没有人可以将他们占有，

将他们苛酷待遇的人，也不能将他们占有了。

九、草叶

八岁左右的女儿背了两岁的小儿走着。

背上小儿的捏着拳头的手里，

捏着垃圾一般的草叶，

只是永久的凝视着：

阿，看那脸上的神圣的哀愁呵！

十、卖纳豆的女人

日出前的街上，

卖纳豆[1]的女人将婴孩缚在背上，
鸟一般的唱着歌走去。
用了非常的速率，
这边那边的
很愉快似的问讯，
在各街巷间出入，
对空气洗清了走去，
鸟一般的迅速，不见形的唱着歌走去。
我爱那个声音，
我爱那个姿态。

十一、他

他什么地方都存在，
生命之火什么地方都存在。
随处都走到，随处都隐藏着。
用心看去，他是很率直的。
他也在水里，变了鱼生在水里，
变了美的金鱼生在瓶里。
笑的里面，泪的里面，

【原注】

① 纳豆（Natto）即豆豉，将豆煮熟放暖处微熏，加芥末酱油食之。大抵用于早餐，故卖纳豆者亦在清早。

人们所嫌憎的雨的里面，暗的里面，他都存在。
他也生在树里，也生在女人小孩猫狗的里面。
看呵，什么地方他都存在，——
率直的他。

十二、小诗

树木浸在烟霭的中间，
晴天所看不见的美。
雨下了，
淅冽淅冽的。
梅雨天的美呵，
树木看去恰是城堡似的。

×

黄莺啼着，
静静的远远的听到。
我想这静，
甜的静呵！
静即是美。

×

烟霭里的树木[1]的静的形态

【锺校】

①“烟霭里的树木”原作“烟霭的里树木”。

她们也恍忽的想睡罢！

武者小路实笃　一首

Mushakoji Saneatsu 1885—

十三、诗

栗树呵，
萩呵，
藤萝呵，
野草呵，
我因为造路，
将你们切断，
将你们打倒了。
请饶恕罢！
这回请转生作好的东西来罢！

横井国三郎　一首

Yokoi Kunisaburo 1900—

十四、小儿

日光照着的广大的平原上，
哇哇的大声叫喊着跑去。

阿，在太阳底下，独自一人的跑去。
跑呵，跑呵。
“阿，到这手里，这怀里来”！
在这时候，他更是叫喊着，
在广大的平原上跑去了。

野口米次郎　一首

Yone Noguchi，1875—

十五、小曲

生命是什么：一个声音，
一个思想，黑暗上的光明，——
看呵！空中的鸟一只。

×

我在落叶的声里，
听出大地急激的苦痛；
我叫道：“生命的秋了！”

×

朝阳的光，
窥探我的胸中，说道：
“荒凉哉么！”

冈田哲藏　一首

Oka Tetsuzo

十六、诗匠

用了一定的声调与音律，
能够引起一种愉快的感觉了；
只是这比那歌啭的禽鸟胜过几何呢？

堀口大学　三首

Horiguchi Daigaku 1891—

十七、重荷

生物的苦辛！
人间的苦辛！
日本人的苦辛！
所以我瘦了。

十八、故乡

在生我的国里，
反成为无家的人了。
没有人能知道罢——

将故乡看作外国的
我的哀愁！

十九、叹息

岂不可悲么？蔷薇的花。
花散落了；花的香却还馀留的薰着。

岂非无常么？人间的恋。
恋消失了；想起来时，长在心里留着。

北原白秋　二首

Kitawara Hakushiu 1884—

二十、望火台

望火台下割着野草，
胸中正是撞着火钟一般。
反正不能如愿了，我原是乡下女儿，
不如放了火罢，顺着这风势。

二一、凤仙花（儿歌）

红的红的凤仙花，
白的白的凤仙花，

你在这中间钻过去罢。

红的花要谢哩，
白的花要谢哩，
不行不行，你不能过去了，

木下杢太郎　四首

Kinoshita Bokutaro 1884—

二二、路上

路的那边女人走过了，
头巾深深的包着脸的过去；
路的这边男人走过了，
很寒冷似的过去。
谁也不知道的夜路，
又不似急忙的样子：
便是不相识的人也罢，
一同的走去可不是好么？

二三、睡醒

“也不是什么虔心，
但是每朝听见那钟声和念经的声音，

不知怎的，总是这样，
觉得仿佛罪业深重的样子：
“我真是有点古旧呵！”

二四、劄青

山泉入浴的无聊，
又值秋夜的寂寞，
用了青的颜料，
在两腕上画上花和叶，
和“本字”[1]一个字的人名；
但这也只是浴前的游戏罢？
入了浴便要消失了罢？

二五、石竹花

走到薄暮的海边，
唱着“二上节”的时候，[2]
龙钟的盲人跟着说道：
“古时人们也这样的唱也！”

【原注】

① 本字即汉字，对日本的假名字母而言。
② 二上节（Futaagaribushi）是日本的一种俗曲。

那么古时也同今日没有变化的
人心的辛苦，怀慕与悲哀。
海边的石墙上，
淡红的石竹花开着了。

生田春月　二首

Ikuta Shungetsu 1891—

二六、小悲剧

野草中间，紫花地丁很柔弱的开着，
被粗暴的手摘去了，萎谢了。
只是这样罢了，——
几千遍都反复过的女子的悲剧！

《新诗的作法》第二十章里著者原注云，这首是想用四行的诗，表示女性的悲哀的运命。倘若做成长篇小说，差不多便是一部莫泊桑的《女人的一生》。……有女歌人曾作歌云：“被攀折了，弃舍了，践踏了，过去罢！薄命的无名的花。”这首诗也是写同样的心情。但那首歌是自述女身的悲哀，极是主观的，此诗是客观的，所以不同了。

二七、燕子（儿歌）

燕子，燕子！
你变了迷儿了么？
那边高高的瓦屋顶上，
你快去定在那里。
燕子，燕子，
我的可爱的妹子！

奥荣一　二首

Oku Eiichi 1891—

二八、鸽子

观音堂[1]前日斜的时候，
鸽子吃过小豆都飞去了，
警察将乞丐都赶散了。
乞丐想变成鸽子罢！
警察也想变成鸽子罢！

【原注】

① 此指东京浅草公园的观音堂养着许多鸽子，游客多买豆饲之。

二九、写信问母亲索钱的晚上

我的话太多了，
我的梦太多了。

向日葵的花谢了，
在我这里只剩下了饥饿。
我俯首去拾落穗罢。
听着路旁蟋蟀的歌声，
我的眼泪将饭都打湿了。

晚钟在暗里发声了，
在我这里只剩了哀愁。
我叩首祷告不知的神罢。
在暗中树下铺了落叶，
点起我小小的灵魂的火焰。

西村阳吉　一首

Nishimura Yokichi 1892—

三十、中产阶级

只为有少许的金钱，

不去想正当的事；
只为有少许的金钱，
时常怕它减少；
只为有少许的金钱，
也不是工人的友，也不是富豪的敌！
只为有少许的金钱，
不去当真的劳动，
好似海参和亚弥巴，混混沌沌的，
勉强奢侈过活的中产阶级，
温暾暾的，可怜的，
生作这样家里的子弟的我呵。

俗歌六十首①

俗歌这个名称，是我所假定的，包括日本民间合乐或徒歌的歌词，以别于文学上的短歌，或一般合乐的长段的俗曲，如“义太夫”及“清元”等。这俗歌里的种类本来颇多，如形式上的端呗与都都逸等，性质上的盆踊歌插秧歌以及“花柳社会”的歌；现在不加分别，只统称俗歌，因为我的目的不是在分析的研究，只是想介绍一点日本俗歌的思想与文词的大略罢了。

这六十首歌，是从我所见到的几册俗歌集里选出来的；选译的标准，并不限于模范的佳作，因为国语与个人的表现力大抵都有若干的限制，想要自由的恰好的写出别国诗歌中的情调，至少在此刻是不可能

【锺校】

① 原题“日本俗歌六十首”，从目录改。

的；所以尽有许多歌词，在我看来本很好，但没有将他传达出来的能力，终于只能割爱：这是我自己所最惋惜的。因此，“现在所译并不说是最好，只拣可懂可译的罢了”这几句话，不免又须重述一番，当作一个声明了。

我的翻译，重在忠实的传达原文的意思，——原文所无而由译者加入的文句，加方括弧为记号，——但一方面在形式上也并不忽略，仍然期望保存本来的若干的风格。这两面的顾忌使我不得不抛弃了做成中国式的歌谣的妄想，只能以这样的散文暂自满足。倘若想保存了原诗的内外之美而又成为很好的五七言绝句或古风，那是“奇迹中的奇迹”，决不是我所能做到的事情。日本有一卷古书名《艳歌选》，其中抄录俗歌，各附以汉译的五绝一章，如下文第四首译诗云：

歌送东关人，舞迎西海客；
为月还为花，春朝又秋夕。

又如第五一首云：

郎意欲迎妾，妾身宁得行？
行程五百里，风浪转相惊。

虽然著者自己谦逊，在序里说，“但供和俗顾笑，假使华人见之，则不知何言之比也”（原序汉文），实在却是很漂亮的子夜歌：不过成了一首汉诗，已经不是日本的俗歌了。俗歌的特色，同别种的日本诗歌一样，是“言简意赅”，富于含蓄，能在寥寥两三句话里，包括一个人生的悲喜剧。第三首本是插秧歌之一，只写男子对他的故妻的“未练”（未能忘情的心情），却藏着一个悲凉的背景，亲权家风或习俗逼迫的不自主的离婚；言词愈简，含意也愈深。实在超过德富芦花的一部《不如归》。正如中国的一篇《蘼芜行》，日本可以译成诗的散文，而不能译成俗歌，所以我们也不能将俗歌译成中国的子夜歌。欧洲人译《旧约》里的《雅歌》只用散文，中国译印度的偈别创无韵诗体，都是我们所应当取法的。我们翻译介绍外国作品的原意，一半是用作精神的粮食，一半也在推广我们的心目界，知道我们以外有这样的人，这样的思想与文词；如果不先容纳这个意见，想在翻译中去求与中国的思想文词完全合一的诗文，当然是不免失望：但这责任却不是我们的。为他们计，已经有许多中国的古诗在那里了。

一九二一年十二月二十四日记。

一

人家要说话，便任他们去说罢；反正并不是做了人家不做的事情。人们的嘴真是讨厌阿！

二

偶然的被月夜的乌鸦叫醒了，又是想相逢，又是不耐烦，我只是说着无理的心愿，求祷神明。相思的病，也是痫性[①]的缘故么？将酒来消遣罢。这原是苦的世界呵！

三

和家人去结交，只要淡淡的，却结交到底。请看红叶罢。淡的先落么？浓的先落！可不是么？

四

独自凄凉的睡着，被叩柴门的稻鸡欺骗了。心想或者——可不是他么？出来看时，〔却只见〕

【原注】

① 妇女感情激烈，易于触恼，俗云痫性。

月下可羞的我的一个人影。

五

月光下映出了自身的可恨的朦胧的〔孤〕影，——抚着鬓栉，只是沉思，竟会憔悴到这样的么！

六

两亲遗传的五个指头，如今成了四个半；都是为了谁呢？你真是罪过的人呵！

七

坐了等着，卧了等着，总是无消息。宽阔的纱帐里，独自一个人儿。比灯火〔还热的〕胸中的火〔烧〕着的相思，请你体察罢。

八

幽会的欢情的无常呵！这回的相逢，也是拼着性命。无理的〔饮〕酒，遮盖了眼泪打湿的白粉的面庞。

九

任着风吹的垂杨柳，讨厌的客人也是比翼的〔枕〕席。苦海的营生真是苦辛呀！唉，低声的私语，……只有情郎总算是买卖的慰藉罢了。

十

鬓发的散乱，这是枕头的磨折呵，面庞的消瘦是你的磨折。

十一

鬓发的散乱，这是枕头的磨折呵。做买卖的身真是没法呀，苦海呀，苦海呀，请你宽恕罢。

十二

把火盆拉过来，平了炭灰，抹去了重又写上的他的名字。

十三

长廊的中央，〔说〕“请忍耐着罢”，眼里满着清泪了。

十四

在栅门口告了别，在廊下哭了，在那讨厌的房间里假笑着。

十五

屈了指头数着长远的年期，掩过了眉毛，去窥镜子。①

十六

要是和你一生厮守，我决不嫌憎：深山里的幽居，裁缝活计与纺花车，狭的山溪里的漂布，〔以及〕砍柴的工作。

十七

成双的不相分离的胡蝶，也在水边拆散了；因了人们的嘴，所以〔和你〕疏远了。

【原注】

①“年期”系指娼妓约定营业的年限。维新以前，女子结婚后剃去眉毛，歌中即指此事。

十八

在桐壶里见了落下的一叶，这便令我担心了。可不是“秋天来了”[①]的响卜么?

十九

梦里也罢，让我们聚会一回，在梦里未必会有什么流言罢。

二十

想到从前的事情，煞是可惜呀！为什么现在再也没有从前了?

二一

雨尽下着罢，只不要雪；〔雪下了,〕夜行的小路里，竹会要弯曲[②]〔，阻塞了道儿〕。

【原注】

① 秋字意义双关，因与厌弃之字同音，并读作aki也。

【锺校】

②“弯曲”原作“湾曲”。

二二

虽是暗夜里，你要求时便来罢，只要认了伽罗香的路线。

二三

“来了罢，来了罢”，眺望着河的下岸，却只见是萧艾的影子。

二四

一夜的亲近，就有了这个〔孽障〕，“新茶的茶瓶”[①]，〔说是〕我是不知道。

二五

我和你是红茶的煎茶呀，从旁屚下水去时，就会要变淡。

二六

远远地放着可爱的情人，便是乌鸦叫了，也

【原注】

①《闲吟集》中有一首歌云：“新茶的茶瓶呀哪，盛了茶以后是，我是不知道，我是不知道。”意思相同，系刺男子的薄幸者。

觉得担心。

二七

说“要想起我”，那是因为忘记了的缘故呀。〔我是〕也不想起，也并不忘记。

二八

十九二十正是艳闻流传的时代呵，双亲也要请宽大一点罢。

二九

那山高呀，那个人家望不见了。那个人家可爱呀，那山可恶呀！

三丨

天要阴时便阴罢。箱根山即使晴了，反正是望不见江户。

三一

春天的嫩草被摘去了，弃舍了，在土里却种下了相思的根。

三二

离了乡里的〔远方的〕草屋里，两个人以外只有虫声，隙间漏进的风却将灯火吹熄了，可喜的是窗前的月光。

三三

教他看了中意，这是过去的心愿了。如今的苦心是，怎样不要被他抛弃了。

三四

倘是我的不好，可以请饶的，不要再执拗，向着这边罢。又不是能够随意相逢的身子；——一会儿乌鸦要叫起来了罢。

三五

鸡呵，你不要啼，乌鸦也不要闹；天亮了，寺里的钟〔自然〕会响的。

三六

虽然不是应该说的话，还要请你留心罢：现在可是有关于你的流言呢。

三七

倘若是路上落了雨，请你当它是我的眼泪罢。

三八

太难过了，出来看山的时候，也没有一座不遮云的山。

三九

在恋爱里焦灼着叫着的蝉，还不如不叫的萤火，将身子都焦灼了。

四十

女人的心与萤火，嘴里不说，却将身子焦灼了。

四一

不要强留，放了手罢！又不是明天再没有时光了。那边的挽留的心，还不如这边回去的身子，怎样的怎样的难受呵！

四二

晚间悄悄的来，请从后门来；前门是重重的墙壁，〔又是〕下了锁。

四三

你来时要在暗夜；月夜里来了，不要给双亲看见了你的影。

四四

今日是东国的人的月，明日是筑紫的人的花。

四五

我是开在野里的蒲公英呀，被人家践蹈，却还是开着。

四六

郎是轻浮的“极乐蜻蜓”①，有真心的只是

【原注】

① 极乐蜻蜓，嘲游惰者之称。

那笼中的鸟。

四七

你是松虫，我是蝈蝈儿，一样的是职务的笼中的鸟。

四八

郎是松虫，我是金钟儿，相逢也罢，离别也罢，总只是啼着。

四九

转磨的时候总是想起，可爱的呀，大姊[①]是〔嫁〕在江户的粉坊里。

五十

“想念么，你，不想念么?” “想念着，这才，过了田坂，独自在夜里走了来的呵。”

【原注】

① 大姊 Anego，亲密之称，此处用于亲属以外的女人。

五一

说是来呀，去得成的道路么？道路是五十里①，波浪的上头。

五二

昨夜的客店里的小姑娘，倘若是〔鲜〕花呵，我想折一枝来，当作故乡的土仪。

五三

远远的田里的歌声，〔仔细〕听时，原来是故妻的声音。

五四

虽然不是彼此嫌憎的交情，也只好休了你罢，为的是双亲的缘故。

五五

说宽说窄的从前的卧室，如今是正眼也不一看的走过了。

【原注】

① 日本一里约当中国七八里，故《艳歌选》译云五百里，系指华里。

五六

说是缘断了，还请便中捎个信来，本来不是因为嫌憎而分散的交情呵。

五七

开着的樱花上，为甚系了那小马？马跳跃时花就要落了。

五八

故乡可爱呀，土地神的树林看见了，朦朦胧胧地。

五九

络丝的工女也是人呀，骂了要哭，病了也要睡的呵。

六十

腰的痛呀，这田的长呀，四月五月的日脚的长呀！[1]

【原注】

① 这篇是插秧歌，第五九首是工女的歌。

图书在版编目(CIP)数据

陀螺/周作人译作;锺叔河编订 .—长沙:岳麓书社,2019.7(2022.7 重印)

ISBN 978-7-5538-1091-1

Ⅰ.①陀…　Ⅱ.①周…②锺…　Ⅲ.①周作人(1885—1967)—译文—文集　Ⅳ.①I11

中国版本图书馆 CIP 数据核字(2019)第 051941 号

TUOLUO

陀螺

周作人译作　锺叔河编订

责任编辑:蒋　浩

责任校对:舒　舍

书籍设计:风格八号

岳麓书社出版发行

地址:湖南省长沙市爱民路 47 号

直销电话:0731-88804152　0731-88885616

邮编:410006

版次:2019 年 7 月第 1 版

印次:2022 年 7 月第 3 次印刷

开本:787mm×1092mm　1/32

印张:7.25

字数:117 千字

印数:7 001—9 000

书号:ISBN 978-7-5538-1091-1

定价:26.00 元

承印:长沙鸿发印务实业有限公司

如有印装质量问题,请与本社印务部联系

电话:0731-88884129